蝴蝶
Seba

蝴蝶

Seba

蝴蝶館 39

下堂後

蝴蝶*Seba* ◎ 著

elegantbooks

第一章

終於還是走到這一步了。

我離開盧家的時候，我的前夫並沒有送出來。事實上，我還是從後門走的。表面上來說，我是因為無出自請和離而離開盧家，但背後可複雜多了。

有多複雜呢？大概寫個五到七萬字的血淚史都寫不完，而且每個人看了都會大大啐一口，說這種穿越小說看多了。

天知道我在寫小說的時候，一直都是言情小說家。而我，從二十八歲寫到五十歲，足足寫了二十二年。雖然看過幾本穿越，但完全沒想過，這種哲學糾纏科學的問題，會發生在我身上。

更沒想到，我到五十歲莫名中風過世以後，居然會親自體驗何謂「穿越」。我想我是有史以來年紀最大的穿越者，足足可以拿個「穿越史上最高齡者」的金氏世界紀錄。

但我還是堅持，這只是某種穿越時空的「借屍還魂」，只是穿來這個歷史歧途的大明朝而已。這是我看了許多史書得到的最佳結論。

只是我終於明白為什麼投胎轉世時都要喝孟婆湯，畢竟帶著一生倒楣的回憶，心境實在太蒼老。

我生前情路坎坷，不管循規蹈矩還是背德非行都異常倒楣。我談過認真的或單純肉體關係的男人，無一例外，都是軟體動物，白話叫做窩囊廢。這是一種神奇的本領，我總是被這些軟體動物糾纏上，然後瞎了眼睛的跌入戀情中，清醒過來才發現命運總是相同。

以為一生如此之倒楣已經是世界奇觀，哪知道倒楣這件事情是沒有底線的。

我穿過來是盧家長房嫡孫的正室夫人，一個哼哼唧唧的病美人。嫡孫公子已經配置六房小妾。這位病美人可能因此心情不太愉快，不愉快到投了水。

而應該病故的我，糊裡糊塗的借屍還魂到她身上。我猜是我寫了一輩子夢幻，撫慰人心，老天爺想獎勵我一下，所以滿足我的願望：三分美貌，甜美的聲音。但也因為我說了太多謊話，想懲罰我一下，延續我上輩子的倒楣……

這位盧家長房嫡孫的盧公子，正是個遊手好閒的紈褲子弟……說到底，是個正宗的窩囊廢！

你知道嗎？發現這個事實以後，我絕望的想再投一次水。

一開始，我整天呆呆的，倒很符合這位病美人的形象，只是不掉眼淚而已。

在我去世之前，我已經當了很長一段時間的盲聾啞人士……這說起來又是滿腹辛酸。我倒楣的不只是愛情而已，我連友情都坎坷無比。我老搞不懂為什麼我的人際關係就是一團亂麻，明明我什麼都沒做。

後來我覺悟到一個重大事實：其實，我是包著人皮的妖魔。會被妖魔吸引來的，通常都不是正常人，就算本來是正常人，被我的毒素感染以後也不正常了。找到合理解釋我就擊掌大悟，立刻避世隱居……反正小說家不用上班，稿子用**e-mail**就行。避免這個世界被污染，這是我身為人的良知，唯一並且應該能做的。

在我死前，我已經隱居十五年。到最後幾年，我根本不跟人說話了，連買東西都遞紙條，已經老辣到古井徹底不生波，完全沒有人氣的地步了。這樣的生活，我並沒有任何不滿意。我唯一的遺憾就是缺了三分美貌，和不會唱歌。

沒想到一穿過來幫我補齊，也不能說一點好處都沒有。最少看著鏡子我就心平氣和了，總算有個正常人的面貌。不像上輩子，出門好像做賊，深恐污染市容。

那段三重苦的日子對我適應環境還是有幫助的。最少我半聽半猜學會了這裡的地方方言，只是我閉嘴閉了兩個月。等說聽有點能力了，我才正式走入十六歲的人妻生活。天可憐見，我已經多年看到人類就倒胃，早就不復年輕時百人斬的濃豔歲月。

當然，知道丈夫居然是個有七個妻妾的少年窩囊廢，還是讓我暗中傷悲了好久。

不過我很快就調整好心態。畢竟一個老太太想呼嚨一個十九歲的小孩子，還是綽綽有餘的。

有段時間呢，小丈夫非常喜歡我。這是當然的事情，我正式交往的男朋友有五個，每個都盛讚我是最佳情人，可惜容貌實在太抱歉，所以不能善始善終。我多年業務早已生疏，但要討小丈夫歡心，只要十分之一就行了。雖然我不想討他歡心，敷衍成分比較多。

但我不知道我如此之敷衍的小丈夫，還是別人眼底的香餑餑。

果然妻不如妾、妾不如偷，七個妻妾都沒生下一兒半女，人家偷情春風一度就有了。小丈夫還偷到人家宰相千金去，這算什麼事兒呢？

總之，事情鬧到沸沸揚揚、日月無光、天地玄黃，小丈夫來我這兒就發脾氣、摔東西，婆婆也不待見了。我早知道我命定所遇的男子必薄倖，所以當機立斷的請求和離，討個小莊子養老，趕緊把夫人的寶座讓出來。

果然小丈夫依依不捨了，婆婆也可憐我了。我既然如此知情識趣，很大手筆的送了附帶百畝良田的莊子給我養老，讓我榮歸了。

再次感嘆，命運真是違抗不得。很從容的繼續我大明朝的宅女生活。

那時候，我已經十九，在這時代已經生活了三年。

＊　＊　＊

說我一點情緒都沒有，那是不可能的。

石頭捂久了都會熱，何況是人。不過半百歲月也不是白活的……即使我也偷偷幻想過，窩囊廢就窩囊廢吧……年輕孩子撒賴或撒嬌的時候，真的很可愛，這樣過一生也不壞，難得有人肯養我。

不過我還留了一些清醒。果然，在離婚率極低的古代，我就落到非離婚不可的地步。命就是命啊，別爭了。所以那一點情緒我很快就淡漠了，當了一輩子的隱居宅女，當他個第二輩子也不難，所謂駕輕就熟也。

少了大家族的壓力和束縛，我在莊子上的日子反而輕鬆自在許多。

來這個大明朝三年，我就是靠閱讀和學東學西混過去的。我本來就是個怪異的老太太——既會打電動又上PTT，同時也能耐心打圍巾，年輕時還愛繡花和中國結。盧家算紳宦世家，幾個小姑都是才女，還有專業老師教導，我跟著學也不怎麼怪異。

琴棋書畫，我都會一點，當消遣很好，但沒什麼天分，純粹學好玩的。針線做做荷包、繡繡花可以，從來沒學會納鞋底。字雖然每個人看了都發笑，但也能看明白，閒來無事還可以寫寫小說。

除了沒電腦，我過著前生差不多的日子，下堂後其實也沒什麼差別。

至於我的娘家，父母雙亡，族人都在外省，關係也遠。既無親戚往來，下堂妻名聲非常差，也沒朋友往來。

過了幾個月，我發現，這種日子其實還滿好的，自由。只有個做粗活的丫頭幫我收拾房子，服侍我梳頭盥洗，兩個僕役打掃內外，還有個廚娘煮飯，一個不肯告老的駝背管家幫我打理。

人簡事少，我又不愛人杵在我跟前。事情做完，愛幹嘛就幹嘛去，這個小莊充滿一種悠閒的沉默融洽。

後來我把這個小莊取名為「飛白居」。其實是取留白之意。人生不用太滿，還是留白多些好。

我決定再也不讓男人涉足我的生活了。兩世為人唯一的大徹大悟。何必為難自己又為難別人，空自糾纏、害人害己、智者不取。

第二章

那是個夏日午後。下堂滿一年了。

大概是我前世有「離婚紀念日」這樣的習慣，這輩子也繼承這傳統。不然我也不會讓老管家磨得動，跟他去看「家人」。

但到了以後我就後悔了。原來看「家人」，不是去探望老管家的兒孫，而是去選買奴僕。簡單說，人口販賣。

他叨念著人口太少，他年紀大了，又不能回盧家要人，有的沒有的念了一路。我煩悶的走在他前面，看著一個個被綁了雙手、垂頭喪氣跪在地上的「官奴」。聽說這是罪臣抄家充罰出來的奴籍，文化水準比較高……事實上價格也比較便宜。

但我畢竟是個二十一世紀的老太太，看了心臟不舒服。

「叫人牙子送人來不好嗎？」我有氣無力的問。

「為什麼要讓人牙子賺那個中人？」老管家瞪眼了，「少夫人，妳那點家底是要讓妳養老的！不多多做打算，還想大手大腳的花？」

作為一個廢物夫人，我立刻投降，再不言語。

老管家嘮嘮叨叨、挑挑選選時，我百無聊賴的望著天，卻覺得背後有視線。

一轉頭，是個鬍鬚兒，還是個瘦得皮包骨的鬍鬚兒。衣服破爛，滿身傷痕，不斷發抖，一股沖天的異味和病氣襲來。眼睛充斥著血絲，卻滿滿的威嚴和剛肅。他的發抖應該是生病吧？但發抖歸發抖，他的背挺得筆直，和垂頭喪氣的其他人很不同。

他看我的眼神，是一種看到熟人，卻不敢確定的眼神。

我別開眼不看他……主要是我不想再惹任何麻煩。我走開，看老管家還在沒完沒了的挑剔，又不能一直看著天，忍不住又看了他一眼。

這種感覺就像是看到一頭老虎，瘦病得快死了，躺在鬧市中，旁邊有人在吹噓著虎骨、虎鞭療效，等等要現場殺虎一樣。

年輕時，我看過一次這種血腥「表演」，那老虎注視著我的眼睛。我整夜都沒睡，閉眼都是那雙金黃色驕傲又平靜的眼睛。

我煩躁的踱了幾步，摸了摸荷包裡原本要拿去買書的錢。

「管家，」我開口了，「有個人，我要買。那是我熟人。」

果然他立刻斥責，「少夫人！妳那點家底……」

我匆匆把我存了很久的月錢塞到他手裡，「不動公中，行吧？」我隨便扯謊，「世交落難，總不能說不管吧？總之，你買了就是了。」我轉身不敢看，老管家雖然訝異，但還是去做了。

我看他交割清楚，心底才略安。眾生平等，前世我沒能救那隻老虎，這世救你來補吧。看他氣度也是落難讀書人，當作積德，養好病，給點盤纏，賣身契也送予他，算是完了我上輩子的遺憾。

他抬頭看我，嚴厲的眼神有絲迷惘，踉踉蹌蹌的站起來，身子直晃。

那天我們帶了那隻「老虎」和兩個做粗活的下僕回去。才到馬車旁，「老虎」就昏倒了。我乾脆把馬車讓給他們三個人坐，出來和管家坐在御座。

老管家欲言又止，終究還是嗐了一聲，悶悶的趕車回去。

我知道他在想什麼，但不是他想的那樣。我知道禮教之防再怎麼嚴密，飲食男女還是可以見縫插針。但禮防關我屁事，還能有比下堂妻名聲更差的嗎？但也沒什麼好解釋的。我只交代請大夫和好好看顧，我就扔著不管了。

老太太心軟，但耐性有限。

我對記名有障礙。所以家裡奴僕常聽我這樣叫，「那個誰……你找那個誰來作什麼什麼……」很神奇的是，他們都知道「那個誰」和「那個誰」是誰，沒弄錯過，我很敬佩。

新買回來的三個人，老管家都跟我說過名字，但聽過即忘，我想大家也都習慣了。我呢，更徹底的拋諸腦後，反正沒人指望我這廢物夫人能幹什麼。

所以我才會被他嚇到。

那時大清早的，我拿著竹掃帚正在掃院子，穿件非常舊的衣裳，還仿日本人用帶子把袖子綁起來。大家都知道我會掃自己房間前面的院子，當作運動，早已見怪不怪。只有老管家嘆息過，但也沒說什麼。

我正掃得落葉與塵土齊飛，突然有個人遠遠站在院子門口就跪下，「下僕棄業，見過少夫人。」

瞪著這個年輕男子，我嚇得橫起竹帚，擺出戒備的姿態。他把頭抬起來，直直的看著我。

看到那對充滿威嚴的眼睛，我只覺得似乎見過……好一會兒才想到，「老……」我把「虎」字吞進肚子裡，趕緊閃身一避，「那個公子……呃，您貴姓？」

「下僕舊姓不敢勞問。」他垂下眼簾。

死定、尷尬。當初看到皮包骨鬍鬚兒，以為是中年人，沒想到休養一個月，刮掉鬍子，竟是個二、三十歲的青年。讀書人的眉眼，還算清秀，但氣度儼然，目光凌厲。

這樣的人跪在那兒自稱下僕，讓我覺得頗難受。

「那個，棄業公子，」我趕緊退兩步，「你快請起。那個、那個，我不是買你進來當奴僕的……等你身體好些，我將賣身契還給你。」我搔搔頭，「你這樣的人，稱下僕我覺得超不自在的，請不要這樣。」

他銳利的盯了我一眼，淡然一笑，「下僕發配奴籍，永不能脫，少夫人不知道？」

我整個張目結舌，「呃……我真的不知道……這慢慢想辦法好了，拜託你起來吧！」

又看了我一眼，他才慢慢站起來。

「你……認識我嗎？」我小心翼翼的問，「因為我之前大病過一場，很多記憶都迷糊了……」

他苦笑了一下，「不認識……」沉默了一會兒，他低聲，「未為奴前……下僕曾聘一女，眉眼有些彷彿……」

我恍然。是有個表妹和我長得很像……聽說是聘給……前後一湊，我知道了。

真是個悲劇。

「棄業公子，請別再提下僕二字，我家沒這規矩。」我輕嘆一聲，「而且呢，我從來不認為『敗軍之將，不可言勇』這種破事。打仗不是將士效命就好，沒銀子糧草，巧婦也難為無米之炊。」

他沒說話，只是臉上的表情漸漸苦澀。

「你安心養好身子，總是會有辦法的。」我空泛的安慰，趕緊拖著竹掃帚逃跑。

雖在深宅大院，到底是紳宦之家，我還是聽說了皇帝因為邊關失守而大發雷霆，非常殘酷的把吃了敗仗的帥將，都沒入奴籍發賣，永世為奴。

我覺得皇帝根本是失心瘋。不給銀子、不給糧草，還在皇宮裡胡亂指揮，吃了敗仗卻又遷怒。可惜這時代精神醫學不發達。

我也不知道，居然會買到我的前表妹夫（前表妹未婚夫？）。投筆從戎的葛棄業，文武全才的儒將。這真是太尷尬了。

握著這個燙手山芋，我焦躁的走來走去。雖然知道一定會被罵，我還是硬著頭皮跟老管家講了。

他快在我臉上瞪出兩個洞。年紀這麼大了，還有這麼強悍的眼光，不簡單。

「……少、夫、人！咋妳就能這麼剽悍的隨手一指，就指到更剽悍的大麻煩呢？」他對我吼了。

我唯唯諾諾的低頭，「那、那個……因為他看我的眼光像是看到熟人……我不知道他就是葛監軍……」

老管家暴跳了，「妳讓人看一眼就買回來？妳這點子破家底讓妳這樣揮霍……將來怎麼辦？瞧妳這沒出息的樣子，將來我怎麼能放心瞑目啊?!」

咱這駝背老管家在盧家一輩子，忠心耿耿，就是脾氣壞了點，外號老爆炭。脾氣壞當然人緣就差，被調到盧大少這房管事。我對員工（我實在很難把人當奴僕）都還可以，自己人嘛。知道他老寒腿畏冷，令人給他蓋了一個暖炕，又叫閒著沒事幹的丫頭幫他做了幾副護膝。

誰知道一個炕加上幾雙護膝，讓這個應該退休的老管家，在我離開盧家的時候，磕頭哀求的跟了我來。就是很感激他，所以他對我暴跳大罵，我也沒生氣過，反而我擔心他的血壓，我前世就是血壓太高，結果爆了根血管才落到這樣啞口無言的地步……

「少夫人！妳到底有沒有在聽?!」他氣得哆嗦。

「聽了也沒用。」我很坦白，「反正我也不知道該怎麼辦。」

他瞪了我一會兒，大嘆一聲，「我還以為妳要收個親隨……那還容易些呢！」

愣了幾秒我才懂他的意思，大概是三年薰陶，還沒把我正式轉化為古人。深宅大院，表面禮教嚴防，私底下還是不問的好。有些孀居或下堂的失婚貴婦，往往有一個或幾個親隨。

嫁不了人，養個（或幾個）情人。其實還是挺讓人同情的。

我有點難堪。難怪葛監軍知道被我買了，眼神那麼奇怪。老管家唉聲歎氣，卻還是隨便我，原來有這樣深沉的意義。還以為老管家誤會我看上了某個奴僕，買回來觀賞用。哪知道誤會到我想「實際操作」。古人怎麼都不古人了……

訕訕的說，「你瞧他氣度，就是個倒楣的讀書人。我想積點陰德，帶回來養好了，賣身契交給他，送點盤纏讓他回家去……人家父母養個兒子讀書識字，不知道費多少心……」

誰知道是我的前表妹夫（應該是未婚夫），還是皇帝親自發作的人。聽說整隊都被拉去渤海煮鹽了，不知道為什麼落下他。沒人敢買，就我這二愣子傻傻的花了錢。沒辦法，除了寫小說，我啥都不會。

老管家發完脾氣，頻頻嘆息，「還真不能指望妳……罷了。人都來了，等他大好，我讓他去管帳房好了。」他看了我幾眼，眼中有著強烈的憐憫。

幹嘛？下堂妻有這麼可憐嗎？老娘早歷風月過度，對男人只有敬而遠之，沒那麼飢渴，行嗎？

後來我就躲著這位葛公子，省得他覺得我心懷不軌。但我這飛白居，就古代的標準來看非常嬌小玲瓏，三個小院子，一個院子我住，一個僕從們住，另一個是前廳，環抱個不怎麼大的花園。我常屋前屋外亂走，家裡人少，還是會撞見。

他總是深深一揖，我也總是側身迴避，非常尷尬。讓我更尷尬的是，大清早我出來掃我的院子，葛公子也拿了竹帚，掃我院外的花園。真不知道老管家怎麼把他安排到那裡。但我又不敢提，省得我很關注這問題似的。我決定無視到底，這倒是不怎麼難辦到。

其實，家裡就幾個人，不分男女，我對他們都親切到有點隨便，大家也敢跟我說笑幾句。會被發配到這下堂妻的身邊，通常不是體弱卑怯，不會講話，就是面貌四肢有點問題。

大家都是天涯淪落人，何必彼此為難。但我很難以相同的標準對待我那無緣的前表妹夫。我臉皮再厚，也沒厚到去買個男人暖床……想到他那奇怪的眼神，我就羞愧難當，只好遠遠逃開。

老太太也是有羞恥心的。

第三章

夏將轉秋的時候，我有些昏昏欲睡。寫到一半的情節推演不下去……因為我想寫新的了。這種作家挖坑的毛病我從來沒痊癒過，病了上輩子，禍延此生。

微風帶著暖意，蟬鳴高唱。我坐在湖心涼亭咬筆桿（其實頂多算個池塘吧），家人來來去去，視若無睹。大概想都慘到下堂求去，這輩子沒希望嫁了，跟出家沒兩樣……我愛幹嘛就幹嘛去，沒人想苛責我了。

正想乾脆趴一下，卻聽到一陣喧譁。

我的丫鬟花兒緊張帶口吃的說了半天，才知道盧大少、我的前夫，正在門口鬧著要進來。一面很擔心的看著我。

小孩子家家不懂事，這有什麼稀奇？我前世五個男朋友，每個都玩過這一齣。還有半夜四點打電話來放聲大哭的，害我以為誰死了。

「在門口鬧，惹人笑話，請進來吧。」我淡淡的說，想想那傢伙可任性透了，「家裡沒事的人都到耳房伺候著。」

她忙點頭而去，我撐著臉想要不要去換個衣服、洗個臉……想想何必為前夫打扮。就一身家常，束條長馬尾，施施然的往前廳去。

越是紈褲子弟，越顯年輕。都二十三的人了，看起來還是十八、九模樣。他立刻蹦起來，眼睛都發亮了，「芳娘……妳、妳好嗎？」

「還不錯。」我神色泰然的點頭，「給盧公子上茶。」

他剛鬧得我在涼亭都聽得見，現在又低頭不講話了，只是握著茶杯。

「盧夫人可安好？」我問了我的前任婆婆。

「娘還好。」他低低的回答，轉頭怒罵花兒，「我跟你們少夫人講話，杵在這兒做什麼？滾出去！」

少個屁啦！還什麼少夫人。早就有新的盧少夫人了，男婚女嫁各不相干，跑來我這兒罵我的丫頭。不過我還是使眼色讓花兒退下。

反正呼救很方便，我不怕。

「芳娘……」他紅了眼眶，嘴一扁，「我沒有一天不想妳……」

我該去做個舊情人FAQ才對，每個人的開場白都一樣。「謝謝牽掛。」我端坐喝茶。

「其實我也不想這樣，」大概是瞧我沒動，他急了，「但雲芝有了，她爹又要把她打死，絕不讓她當妾，所以……」

我看著他的嘴一開一闔，有些瞌睡，卻不能打呵欠，默默忍耐。經驗告訴我，等他們發洩抱怨得差不多了，就會做共同結論。結論完畢，我就可以客氣的把他請出門。

果不其然，他說，「到現在我才知道還是妳最好，這世界上再也沒有比妳更愛我的人！」

嗯，再添一筆新紀錄。這話我早聽到耳神經麻痺了。

我也給了相同的回答，「往者不可諫，來者猶可追。」我這人，有個原則堅不可破。在愛情中，我會盡全力周全到底，直到勢不可挽，一旦分手，我就是最無情無義的人，死不回頭。

他站起來，我也站起來。我知道等等大概要拉拉扯扯，掉幾滴眼淚說我倆無緣，然後就可以把他哄出門……但我忘了，我那五個前任男朋友是飽受文明薰陶的現代人，我眼前這個是個生猛的紈褲子弟。

他把我撲倒，大概以為「征服」了我什麼都好商量吧？我的腦袋在青磚地撞了一下……兩世為人，還沒被強暴過勒！

我很反射性的喊，「救命啊！」

接著就是一片混亂了。沒想到紈褲子弟的花拳繡腿對付我這幫子老弱婦孺輕而易舉，差點被他扛到隔壁耳房就地正法的時候……

葛公子給了他一記手刀，讓他好好躺在地板冷靜一下，還順手扶了我一把，沒讓我跟著摔倒。

我站著發呆。這就是小說家惡劣的習性。每次我遇到重大刺激，狂喜狂悲，都會鴕鳥似的想，這種感覺我要仔細記下來，將來說不定可以寫到哪本小說去……就不會受到那麼大的衝擊。

等我清醒過來，葛公子正在掐我人中，花兒抱著我的後腰哭，地上跪了一大票人。我趕緊伸手擋，「很痛……」

他轉眼不看我，慢慢鬆開了我的手臂，確定我沒摔倒在地上，才垂下手。

我渾渾噩噩的說，「多謝葛公子。」

「少夫人何必言謝，棄業不敢當。」他躬身，「請少夫人自去安歇，盧公子突然昏厥，我扶他上馬車送回盧府。」

我點點頭，花兒扶著我往後院走。等她拿涼手巾給我捂臉，我才知道剛剛兵荒馬亂時被搧了一下。

「……花兒，妳要不要緊？」剛我看她也被踢了一腳。

「少、少……」她口吃半天，只好搖頭。

想叫她去傳話，又怕她更口吃。隨手寫了張紙條，「拿給管家，跟他說請個大夫，全家都看看。別落個什麼病根……我都捨不得彈你們一指甲，他倒是威風的全打了。」

她哭著去了，我握著涼手巾，只覺得啼笑皆非。

你說我這男人運是怎麼回事呢？

當然，事情沒完。

當天盧夫人就遣人來問，我推個乾乾淨淨，「我也不知道，盧公子來探望我，突然昏厥，我要拉他沒拉著，自己反而摔了一跤，」我指著半面的紅腫說，「可不，我這會兒臉還腫呢。」

被遣來的管家娘子仔細瞅了半天，一疊聲說要請大夫來，我客氣的再三推辭，把她送走了。

打官腔？別以為我不會。

結果第三天，終於脖子不疼的盧大公子效法惡少行徑，帶了一大票的幫閒上門吵吵鬧鬧。我家盡是老弱婦孺，唯一可用的兵力是重病初癒的葛公子。

但我慌張的走出來，擔心葛先生會不會病上加病、傷上加傷，害我為德不卒時……地上躺了一票幫閒，盧大公子指著面無表情的葛先生大罵。

小足男對付世界精英（金龍框邊、首領），即使是個重病初癒的世界精英，還是有相當大的難度，何況他們又沒組滿，又沒看攻略……

但我看到世界精英……我是說葛先生已經跟盧大公子動上手，冷汗終於澆熄了我的走神，我大呼，「住手！」狀似鎮靜，實則心驚膽顫的走入戰圈，斥責道，「肖儒，你怎麼還這麼孩子氣？」

葛先生推開差點招呼到我身上的盧家紈褲拳，就退到一旁，眼神冷漠的看著地上，盧公子聽我喊他名字，肩膀頹下，「沐芳……」

真感謝我前世有那麼倒楣的經歷。不然我可能會想乾脆一刀砍死，永絕後患。但我是個歷經滄桑的老太太，這也不是無案例可循。

「……把你的人留在外面。」我責備的看他一眼，「進去吧，我同你說話。」

他乖乖的隨我進門，管家很不客氣的把那幫不三不四的幫閒關在門外，花兒想跟上來，我搖搖頭，「散了吧，我跟盧公子在花園說說話而已。」又不頂事，白挨打。

雖然覺得厭煩，但我還是深深吸口氣，提步往前走，卻看到葛先生默默跟上來，我心底稍微安定了點。

於是我走前面，盧大公子跟在後面，葛先生距離我們大約三、四步。走到涼亭，我站定，「跟你說那麼多都白說了！」我輕喝，「都這麼大的人了，還使什麼小孩脾氣！」

「誰讓妳不理我，還打我……」他嘟囔，火氣卻消了，「妳這幫奴才淨攔我，我才……」

「還是你有理呢！」我罵了，「什麼話不能好好說，帶人打上門？」

我跟他三年，很了解他的脾氣。我不是不能，是不為。男人很好捉摸，對症下藥就對了。

我就壞在太有良心，太傲。我能柔情似水的跪著幫男人修腳指甲，但在離心離德的時候，一句挽留也不屑說。

這個盧大公子被慣壞了，打不是、罵不是，得這樣當作自己人親暱的瞋兩句……他就舒服了，整個服服帖帖。對他何止要七擒七縱，還要又擒又縱，又縱又擒，非常辛勞。

我若還年輕的時候借屍還魂，說不定能哄得他大門都找不到，現在我懶了。但懶不是不會，只是得打疊起精神。

「怎麼了？」我慈愛的盯他一眼，「我又不在，怎麼知道你受了什麼氣？」

前世今生遇到的豐富窩囊廢經驗，對付他們比吃飯還簡單。總之，我生生世世都沒人當我是「娘子」，就是這麼喊，也像是喊我……「娘」。

我早已認命。

他果然嘴一撇，非常委屈的抱怨，說殷家千金雲芝小姐又懷孕了，脾氣非常壞，常打他。

「……孕婦脾氣本來就比較暴躁，」我安慰他，「你到嫣紅或奼紫的房裡躲躲，等她氣消了再去哄哄她不就好了？」

不說還好，說了他就哭了。泣訴他六個如花似玉的小妾，或死或賣，居然一個不剩。

我瞪大眼睛，說不出話來。我還以為《醒世姻緣》之類的只是小說，小姐拿烙鐵烙丫鬟、打死妾室只是鄉談……我真沒想到這位雲芝小姐剽悍到這種程度。想想她是宰相千金，非常貌美，宰相夫婦極度溺愛，連未婚懷孕都能風光大嫁……驕縱點是應該，驕縱到這種程度就非我這現代人能想像的。

「沐芳，我只剩下妳了。」盧公子悲切的上前一步，滿臉無助的看我，微微噘嘴。

……這是他想接吻的表情。說起來是我不好，為什麼一時興起，教他怎麼接吻。完全是欺負小孩啊……

古人含蓄，不太懂得怎麼表達親愛。這個被慣壞的大孩子，要的不是那種寵溺，而是想要好好的被疼愛、保護。應該是小時候他都交給乳娘帶，但他實在太難養，頻頻更換乳娘，所以才一直朦朧隱約的渴求那種唯一的母愛。

……這就是我的另一種悲涼，大家看到我都想喊「娘」。每個男人都一樣。

但我想起，我模模糊糊抱怨想抽菸，他就會湊過來吻我。在葡萄架下嬉鬧的玩親親，他微帶甜味的唇……相較於他之後的無情和猙獰，就顯得分外冷酷。

何況他還有個剽悍到要人命的夫人啊！別亂了。

我輕輕的澆盆冷水，「當初你在我房裡砸東西、甩臉子的時候，怎麼沒想到這？」

他立刻惱羞起來，「這就翻舊帳來了?!」

「哪是翻舊帳，事實陳述而已。」我冷靜的說，「肖儒，你是大人了。選擇了就要勇敢去面對。」

「我懊悔了不行嗎？」他叫，「難道還不許後悔的？」

捺著性子開解了一會兒，他暴躁起來，「好了、好了，反正都是妳有理，妳會說，都給妳說成不?!」

……這句話我也聽到耳朵長繭。男人非常之缺乏創意。

「你到底想怎樣？」我也懶了，直接攤牌。

「難道我想留宿都不行嗎？」他逼上來，我趕緊走到桌子另一頭，離葛先生近一點，「難道妳就把我們給忘了？妳忘了我們在葡萄架下……」

靠邀啦！

「不行！」我嚴厲的打斷他，耳朵發紅。天啊！地啊！為什麼古人這麼沒神經，可以在家僕面前旁若無人？我真辦不到啊！「你說我無情也行，的確一旦和離，我就把什麼情都放下了。反正孔老夫子也說過，惟女子與小人難養也，你就想這女人很難養，算了吧。」

他笑了一下，又沮喪起來。「……要不，讓我跟妳說說話兒。」

我不想說好，但也不能說不好。這個生猛的紈褲子弟昨天真把我嚇死了，逼得太緊再來一次……他絕對不覺得怎麼樣，看他說了半天，一句歉意也沒有……可我幹嘛當免費心理輔導師兼娼妓？更可怕的是他那剽悍無雙的老婆，打砸上門是小事，萬一直接打死，我還沒處訴冤……

但說好，就後患無窮，煩個賊死。日久年深，誰知道會不會出什麼意外……

正在出神，聽到一聲輕咳，我下意識的轉過頭，葛先生飛快看我一眼，又低下頭。

咱們家有個世界精英。說話嘛，誰不說話。讓他說個一年半載，有世界精英在，也不見得掉根寒毛去。

「我身體不太好……」我做西子捧心狀，「十天、二十天，你來找我說說話好了。就在這亭子，你覺得呢？」

他自覺獲得巨大勝利，早晚可以攻克，非常開心。我則乾笑幾聲，裝作柔弱無力，請葛先生送他出府了。

等他轉出去，我立刻把頭磕在石桌上，癱趴不起。真不想抬頭面對這個可怕的世界，和相同到幾乎毫無二致的命運。

聽到腳步聲輕輕在我面前站定。我閉著眼睛哀號，「花兒，妳說我怎麼就遇不到一個正常人呢……？」

家人都知道我有時會說些奇怪的話，都很縱容的聽我抱怨了。我也沒指望這個小結巴回答我。但我悶無可悶，悶到爆炸。

以前有個單純肉體關係的男人，在我自覺人老體衰不願約會的時候，連打了三年電話，七天一通，我都快神經衰弱。還有每個禮拜硬來挖我喝咖啡……還有……

這些傢伙表現得一副痴情絕對的模樣，萬一我昏了頭，墜入愛的深淵……就只剩下深淵沒有愛了。等我使盡全力，狼狽爬出深淵逃生，又不斷不斷的騷擾我……就跟盧大公子一樣。

這些話我悶著沒講，只能一下下用額頭磕石桌發洩。

「……我不是花兒。」站在旁邊的人終於開口。

我猛然抬頭，瞠目看著眼睛盯著地上，嘴角卻微微抽搐的葛先生。他非常鎮靜，最少大部分的表情都很鎮靜，「盧公子已回府，留話說，十日後來訪。」

……糗翻了。一個老太太拿額頭磕石桌……就算外貌不是，但我內心是啊！

「謝、謝謝……」我狼狽的轉身就逃。

所以說，傷春悲秋一點價值都沒有，只會弄得自己很糗。那天我連房門都不敢出，專心在房間裡寫了一整日的小說。

但十日後，盧大公子沒有來。

我本來以為他又流連青樓，還是跟雲芝小姐和好了，等管家聽了盧家報訊，支支吾吾，半吞半吐的告訴我，我才知道不應該高興的。

大前天，盧大公子跟流雲樓的頭牌姑娘梳攏了（度初夜），正在吃「喜酒」，殷家千金挺著大肚子，拿著棒槌，帶著一票悍將，衝進去把兩個都打了，盧大公子還只是受了點皮肉傷，那位倒楣的頭牌姑娘半殘。

本來還要把人買進去折磨，幸好被勸住了，扔下錢，把那奄奄一息的姑娘買了，直接送給一個養豬的。

……剽悍啊，太剽悍！完全是武則天、呂后的人物啊！

據說盧家不敢吭一聲……廢話。盧家最大的官幾品？五品。人家老爹的官幾品？超品宰相啊！盧家老爺還得去跟宰相賠罪，說教子無方，少夫人管教得好……非常阿諛奉承。

聽完我抱住腦袋，覺得低血壓似乎發作了。

「……所以，少夫人，公子大約是來不了了。」管家謹慎的說。

「以後他來，就說我病得快死了，無法見客。」惹不起、惹不起，不關我的事情，千萬不要找我。

我覺得我很沒用，居然嚇得連連惡夢。坦白說，我不怕死也不怕鬼，很可能是死也死過，鬼呢……也略有感應，了解就沒啥可怕。

最怕的，還是人。尤其是這種無理取鬧、為愛瘋狂，禍延他人的奇女子。這種時時會被暴打毀容殘肢的壓力真是非常大，管家急得請大夫來看了。

但怕到最後就谷底反彈。我平生最恨人家冤屈我，又不關我事。一旦想開，就豁然痊癒，啥事都沒了。不過我還是躲在飛白居，非常規矩的大門不出、二門不邁，宅得更徹底。

* * *

中秋以後，就開始冷起來。

我們飛白居是屬於極度沒有規矩的地方，沒啥男女之防。一來是人口太少，老弱婦孺的，二來是我個性馬虎，管家又極為吝嗇。

他恨不得把一個銅錢掰成兩個來用，天天嘮叨再不省點我晚景必定淒涼。到了晚上，只有我屋裡有燈，想做個針線木工、算個帳，都得擠來我的外間。

晚上使眼睛很累，所以我通常都在為我絲毫沒有長進的琴藝努力，經過一年多的訓練，他們已經可以把我的亂彈（花兒說的）當作白噪音，花兒和廚娘竊竊私語的紡紗繡花，幾個僕役聚在一起吹牛玩牌或做木工，管家打打算盤、看看帳，偶爾拉長臉問雞蛋怎麼一只多了一文之類的。

但葛先生大約不太適應。他總是拿本書在看，但明顯看得心浮氣躁。就在深秋的某夜，他無奈的轉頭，「……少夫人，妳再使勁弦要斷了，不是使力氣叫做『挑』。」

一屋子的人都笑了。這些員工養他們幹嘛，好歹也想想薪水是我出的！

坐在炕上，我面子很下不來。只好乾笑兩聲，「不然葛先生來示範一下？」看人挑擔不吃力！

他居然走了過來。

我趕緊連滾帶爬的從炕上跳下來，摸了鞋去旁邊穿。他也不推辭，上炕彈了我剛彈的〈胡笳十八拍〉。

……我被古人侮辱了。

當天我就氣悶的把古琴送給他，他也沒推辭。我想他忍了大半個秋天，早就求之不得，希望我別再虐待他敏感的音樂家耳朵了。

後來我改打絡子……就是中國結。不費眼力，小配件都用得上，還可以幫著花兒存嫁妝。至於我那舒服的炕呢……讓賢了。因為他每晚都會攏琴而來，讓原本的白噪音成了高雅的音樂修養生活。除了我以外，每個人都很滿意，交相稱讚。

……咱是小說家，誰跟他們拚音樂素養！

一時激憤，我把我悶頭窮寫的小說拿出來念，大家都不講話，專注的聽我說故事，連那個驕傲的葛先生都聽到忘記要撫琴。讓我很是得意一把。

開玩笑，二十幾年的寫作功力！唬唬這些缺乏娛樂的古人，還不是小菜一碟！只是這樣我就得跳過許多香豔的情節，死都不給人看原稿。就算極度清水也夠唬人啦！只是這些古人連牽手相擁的情節都臉紅，讓我竊笑不已。

有回大家回去睡覺，葛先生落在最後面，我正要關門，他低聲說，「……打仗，不是那樣兒。」

說到寫作，我比他驕傲太多。「我可直描了麼？從頭到尾都是女主角觀點啊，不懂戰爭的小女子沒理解透，也是應該的。」一整個得意洋洋。

很少直視我的葛先生抬頭看了我一眼，眼神依舊剛肅，卻多了點笑意。「……偷懶。」然後轉身離去。

跟不會寫作的人真是說不通。我嘀咕的關門，上了門閂。寫作的人哪能每件事情都懂？只能模糊焦點、唬爛專精了。我要事事懂就去當王陽明了，來個格物致知。

外間的炕和裡間有煙道相通，所以睡覺時裡間很暖。盥洗後，花兒去外間睡，我在裡間。

很靜的夜裡，我似乎聽到隱約的〈空谷綺蘭〉，從很遠的地方傳來，悠悠揚揚。

第四章

這種懶懶散散的生活沒什麼不好。我跟員工相處得不錯，礙於身分，也不會對我比手畫腳。老管家雖然囉唆，但也是替我憂心，沒真管我什麼。我也當過老人家，愛嘮叨，那是老人病，沒藥醫的。如過耳清風，他又不能跳起來打我一頓。

白天掃完院子，盥洗換衣服，發發呆，寫寫書，煩了縫個兩針，看看話本兒，自言自語的點評幾句，園子逛逛，吃吃飯，睡睡午覺，晚上跟員工說說故事，一天就混過去了。

跟我前生真沒什麼兩樣，身邊的人還多很多。這些人呢，因為是主僱關係，不會太交心，也不會太離心。我整天發愣也不會有人管，過得一整個自由自在。

鬼才去結什麼婚呢！現在多好，睡到自然醒（太早睡也睡不了太晚），三餐吃到飽，管好我自己就好。再也不用去跟男人鉤心鬥角、勞心費力，還要白花許多眼淚。

在飛白居，我懶到連髮髻都不梳了，很乾脆的春夏高馬尾，秋冬低馬尾，反正除了管家會瞪我，其他人早隨便我了。

我以為這樣懶散的日子可以過到天年將盡，誰知道天底下沒有這麼好的事情……或說我是沒這種福氣的。

老天爺慣愛玩我，我可以說早已經習慣到不能再習慣。

＊　＊　＊

經過一整個冬天，我看到葛先生不會轉身就逃了。

一來是熟了，二來是我想誤會已然冰釋。因為有回他又落在最後面，在我關門前問我，「少夫人，棄業是否令人生懼？若有過，請言之。」

「沒啊。」我一整個莫名其妙。

他第一次對我笑了笑，坦蕩平和。很有禮貌的一揖，才轉身走了。

我仔細想了想，應該是他也明白我無他意，見我轉身必逃，大約也不太舒服。誰喜歡讓人當妖魔鬼怪？很快的，我就把他看成花兒那樣的員工。畢竟我穿過來時就已半百，除了近七十的老管家，其他人在我眼底都是小孩。

我終究是個太傲的人。我沒那意思卻被冤屈，非常不平。既然誤會冰釋，我就偶爾會跟他聊幾句。我看他也好得差不多，眉眼間的抑鬱淡了。不是我吹牛，飛白居可是個養傷的好地方，不管是身傷還是心傷。那兩個垂頭喪氣，和葛先生一起買進來的僕役，現在也展顏了，笑口常開。人嘛，不就手裡有份工作，碗裡有飯可吃，夜裡和大家說說笑笑，不就是一生了嗎？

但總覺得葛先生和我們這些凡俗百姓不同，是要做大事的。等熟了些，我問他想不想跟家人連絡，或者，他真正想去什麼友人那兒辦事，當個幕僚什麼的，我也可以安排。

「家人……」他笑得非常苦澀，「我違背父親棄文從武，就已經被笞打多次。獲罪於天，立刻將我從族譜上除名，上表懇求免禍，不令逆子牽連葛家……妳說我還有家人嗎？」他轉眼看向地上。

「或者你想去什麼地方……」我覺得挺難過的，親傷宛如逆刃刀，我懂。

他安靜了好一會兒，看著粼粼水面，「知交滿天下，滿朝文武盡往來，最後誰也不敢來救……若不是少夫人援手，棄業已病死官奴處。」他對我抱拳，「此恩此德，棄業無以回報，願替少夫人效死。」

我尷尬得連連搖手，「你說笑到不喘氣的笑死那還容易，我在這兒當米蟲書蠹，哪兒有效死機會？太嚴重，言重了。你若喜歡就待著，真有想去的地方，說聲，能幫我就幫了，難得我遇到一個正常人……」想想連朋友都沒正常人來往，真是感慨。

他不卑不亢的盯了我一眼，眼神清亮，「少夫人豪俠無閨閣氣，棄業甚佩。」

「米蟲也豪俠得起來啊？」我搔搔頭，「總之不用太拘束，你瞧管家罵我跟罵雞一樣，我也沒生氣。本心是好的，我就覺得沒啥值得計較。」

擺擺手，我繼續晒我的冬日。大雪天難得放晴，涼亭雖冷，但冬陽晒下來挺舒服的，半凍的湖水粉雕玉琢，頗有風情。

他陪我站了一會兒，輕聲告退。看他矯健的步伐和背影，我不禁感嘆，多好的孩子。老天爺怎麼不長眼呢？難怪天子也跟著失心瘋了。

但冬陽到了中午就讓烏雲遮得沒影。像是配合這樣陰霾的氣氛，當天下午，盧大公子來了。

才幾個月沒見，他瘦得臉都尖了。盧大公子身為一個非常堅持的紈褲，文不成、武不就，無官無職，能把宰相千金拐著跑，就是因為他生得極美。有人稱讚他宛如被看殺的衛玠那樣風神秀異，稱之「璧郎」。他楚楚可憐的抬頭看人，真有哀美頹豔之感。可惜我是他的下堂妻，見過他咬牙切齒砸東西、找碴的模樣……我還寧願去對著駝背老管家，看他罵人的模樣也比對這個美男子好。

但對一個生猛的紈褲，我又不能太絕然，等等他又發瘋打人，我又不能真的叫世界精英把他打死，他爹雖然是五品官而已，老娘可是白身的棄婦。擦破皮我都有事，只好應酬應酬。

「……少夫人會不高興。」我忍不住提了。

「她在坐月子。」盧大公子滿臉抑鬱，「我只是來找妳講講話，我很悶。」他立刻垂淚。

……畢竟只是個慣壞的大孩子啊。我把手絹放桌上，推給他，搜索枯腸寬解，主要還是聽他說。總之，他和雲芝小姐處得越來越差，既怕且懼，大小姐不高興就掌摑指掐，罰跪終夜。

一面說一面哭，然後拚命追憶以前我們是多麼多麼好……我坐立難安，巴不得一頭撞死。廳裡圍了滿滿的人，你這麼大方，我還要臉皮啊！

我很尷尬，我的員工都很尷尬。只有葛先生保持著面沉如水的表情，非常鎮靜。

哭完吃過飯、洗過臉，他就回去了。我知道他需要傾訴，畢竟攤上武后加呂后加獄卒是件非常恐怖的事情。但他的傾訴是繫在我的性命安全上執行的。

……搞不好《聊齋》裡的「江城」就是照雲芝小姐當原型寫的。我有很強烈的危機感。

後來盧大公子逢三差五就來一次，三次裡我總得見上一回，省得他在門外叫板。開春我把花兒給嫁了，也悄悄的把賣身契給了員工，只是瞞著老管家，老管家是早脫奴籍準備退休的人，兒女也很孝順。不是為了我這不成器的傢伙，他也不用這麼勞累。

這些事情，只有葛先生能商量。他默不作聲的想了很久，和我商量定了。果然是當過官的人，門路比我熟多了。只是對他很不好意思，他曾經顯赫，如今卻得用家奴身分去與人周旋，非常炎涼。

重新蓄鬚的葛先生笑了起來，「少夫人還替屬下思慮這個！且思此難該如何過吧。殷小姐乃呂雉人物……」他大概不慣在人背後說閒話，一笑即出。

沒錯，我是打算跑路了。雲芝小姐手段如此之狠，等她衝上門，我怕求生不得、求死不能。結果她是沒衝上門……卻磨著我前任婆婆接我回去。回去必死無疑。

這次盧大公子卻良心發現，回去大吵大鬧，死硬著不肯。還跟她對著幹，說他就是不把我接回盧府，就是要把沐芳重娶作外室。

……我好像沒有答應吧？老管家問我的時候，我還糊裡糊塗，只覺大大不妙。

當初我離開盧家，婆婆可憐我，退了些嫁妝。我只能暗暗囑咐葛先生快些脫手，但有些是田產鋪子，沒能那麼快賣……

不過，雲芝小姐突然消停下來，也不再打盧公子了，他跑來跟我講的時候，眉開眼笑，說等他娘點頭，就能重娶我……當外室。

就是被包養就對了。沒想到兩世為人，我還能體會當二奶的滋味……誰希罕啊?!

我本來就定好四月初跑路，卻沒想到，命運推了我一把。

在月亮剛開始缺的三月夜裡，我覺得我還在做夢，騰雲駕霧的飛過了屋頂和樹梢，然後是圍牆。

我還沒怎麼搞清楚，已經被打了好幾下臉頰，這才覺得喉嚨難受，嗆咳起來。張開眼睛，葛先生的臉離我非常近，滿滿的都是擔憂，「少夫人？」

「怎麼……」我又咳了起來。身上油油滑滑的，還燒了一截袖子。這是……燈油？

我掙扎著想起身，結果又坐倒。怔怔的看著圍牆那頭，我的院子起火了。天空……好紅啊！

「少夫人，別出聲。」葛先生聲音壓得很低，「我把那兩個人扔回院子……妳有什麼特別要帶的東西沒有？」

「……其他人呢？」我大概知道發生什麼事情了，緊張的抓住他的手臂，指甲都快掐進肉裡了。

「都沒事。」他泰然的說，「有什麼要搶救的？」我這才看到他身上血跡斑斑。

「我的稿子！」才出聲我就趕緊掩住自己的嘴，壓低聲音說，「我房間書架上的一個竹箱。」

他點了頭，一手抓起一個……死人。黑衣，只看得到暴突死白的眼珠。我拚命吸氣，沒讓自己尖叫和嘔吐。

然後我就看他輕輕鬆鬆提著兩個死人，「飛」過圍牆。

咦？咦咦咦？我看到的就是……輕功嗎？我當初撿那個皮包骨鬍鬚兄的時候，真的沒想到會撿到國寶（？）啊～

不對。我怎麼讓他回去了？火這麼大……這不對吧？他跑回去救我那破爛稿子做啥？我想站起來，卻又坐倒回去。我嚇到腿軟了？

正焦慮不安的時候，他又「飛」回來了。「少夫人，得罪了。」他把我背起來，外罩一件披風，手底提個竹箱，健步如飛的在月夜裡疾行。

我攀著他的肩膀，屢屢回頭看我的院子。雖然早就打算離開，但我沒想到會是這樣離開。

這一刻，我既覺得戀戀不捨，又覺得鬆了很長的口氣。心情非常非常複雜。

我就知道賊老天不會讓我安生。我偏不讓賊老天如願。

將來，我會有新的飛白居，而且離這些混帳們遠遠的。等著看吧！

*　　*　　*

飛白居離京城不遠（可見地價有多貴），而葛先生辦事，比我想像的還精細許多。我想他應該是智將型的，非常縝密。

他早就在京城外租賃了一個小院子，裡頭預藏了換裝的衣物。雖然他覺得不太妥當，但還是依照我的堅持了。

所以我用井水擦乾淨臉手換上的，是一套男裝。這位病美人（我是說原來的沐芳小姐）是個……太平公主，大概是挑食導致的營養不良。只要纏上布條固定，要裝作少年沒什麼太大問題。也幸好我跟盧公子相處幾年，男裝的穿法很熟悉，不然還不知道怎麼辦呢！

不過這個頭我真是梳到發瘋，怎麼樣都梳不起來。最後我只好悶悶的握著頭髮出來問，「頭髮要剪掉一些嗎？不然我怎麼都梳不起來。」

正在外面修臉的葛先生看著我一呆，好一會兒才說話，「少夫人髮多，是需要剪掉一些……」

滿屋子找剪刀，葛先生叫住我，「少夫人，我幫妳割髮吧？」

我點頭，他只一刀就割掉，乾淨俐落，原本幾乎及膝的長髮瞬間只到背的一半。終於盤得起來，但還是鬆垮垮的。他特別幫我重綰一次，看著鏡子，我很滿意。

儼然濁世佳公子，可以去青樓騙妹妹了。

他繼續修面，蓄了幾個月的鬍子又剃掉。「你習慣蓄鬍吧？」我有點疑惑。

「……外面的人，沒見過我修面後的模樣。」他淡淡的回，「喬裝改扮，這樣最快。」

整束完畢，我們坐著等天亮進城。計畫永遠趕不上變化啊！還有幾個鋪子沒賣掉。他大概看我面帶憂愁，跟我說了今天晚上的事情。

當夜，有兩個黑衣人摸進我院子，大概是先吹了迷藥，然後朝著我身上、床上潑燈油。正要點火時，葛先生先發現了把風的人，急急來救，打鬥中一個黑衣人把火扔在床上，他立刻把我扛著逃走，幸好只燒了一隻袖子。

那兩個黑衣人追來，他很乾淨俐落的殺（！）掉，設法把我救醒。

這一切的驚險刺激，都在我昏睡狀態中完成了。我真扼腕，真該親眼看到，將來好寫進小說……

「少夫人，」他語氣帶笑，「妳又走神了。」

「你要改口喊公子。」我糾正他，「此後我不再是女子了。」

「……這太行險。」沉默了片刻，他說。

「不會。」我心情很好的對他一笑，「因為我要去江南。」

南方人多柔媚，尤其是這承平已久的富貴大明朝，吹起一股麗男風。我這樣子在京城可能很顯眼，在江南就不會。

「你呢，你要去哪？」既然前程已定，我心情輕鬆許多，就有餘力管到別人了，「我還沒謝你救命之恩呢。等等我們二一添做五，錢一人一半。反正大家以為我們一起燒死了……」

當初的計畫還是很有遠見的嘛！雖然是誤打誤撞。我實在不忍這樣有理想、有抱負的好青年，就這樣終生陷在奴籍的泥淖中，所以要他也替自己買個戶籍。反正天高皇帝遠，皇帝真能管遍天下？哪兒不能活！

「公子說什麼救命之恩……這是棄業該做的。」他垂下眼簾，「公子的恩情，永世難報。棄業願為公子效死，追隨左右。」

……不會吧？我尷尬了。怎要搞得好像私奔……不成、不成。「葛先生可有字？」

他淡淡一笑，「刑餘之人，怎麼還有字號？」

別亂了，就為了一個腦殘皇帝需要這麼自暴自棄嗎？「怎麼會沒有？我給你起一個字，就字灑塵。『使涷雨兮灑塵』——《楚辭・九歌・大司命》裡的一句。別挑剔了，我只有《楚辭》還熟一點，其他詩詞歌賦一點都不通……」

葛先生失笑，卻不說什麼，就點了點頭。

等天亮進城，去當鋪——沒看錯，就是當鋪。雍正大帝我也看過好不？重要的金銀、路引、戶籍，放哪都怕被偷，放當鋪最安全。葛先生……灑塵是整箱一起當的，表面是衣服和少數珠寶，事實上有夾層，底下是銀票和身分證明——有錢、有門路沒啥辦不到的。

但看到我的戶籍名字……我終於知道他笑什麼。

他替我起了個假名，姓林，叫玄雲。

「……紛吾乘兮玄雲？」我整個囧掉。這也是《楚辭・九歌・大司命》的一句。

「巧合。」我們正坐在雇來的馬車裡頭，顛簸的整理箱子。

我看他的戶籍和身分……越看越怒，「你為什麼還是奴籍?!」

「因為我本來就是。」他靜靜的回答。「公子不能無人隨侍。」

我真想一刀劈開這石頭腦袋。明明長得挺聰明的，滿腦袋水泥！

正氣得想話罵人，他又幽幽的開口，「公子可懂各地方言？蘇州話？」

「……不懂。」

他露出淡定的笑，「公子若不讓我隨侍，離京三里就有困難。」

我氣得不想跟他說話了。

第五章

我們的戶籍辦在河北，鄉音上比較不會出問題。我呢，是河北人氏，林玄雲，時年十六歲，男，生員。灑塵是奴籍，林餘生，男，林氏家奴。

之所以年紀謊報得這樣小，灑塵說，「公子骨小體……」他默然一下，「報小些容易過關。」

他那鬼名字我一次也沒叫過，看一次發火一次。我都直接喊他灑塵，他也都喊我公子。

馬車只送我們到山東境內，我們就換買馬車，灑塵執鞭，繼續南下。但我真痛恨沒有避震器的鬼馬車，好像把人裝在木頭箱子裡猛搖，古代的路又壞，我索性拖了條被褥摺摺當軟墊，爬出去和灑塵一起坐在御座。

外面雖然也顛，塵土大，但最少有空氣，不暈。看看風景，也頗賞心悅目的。

這個時候，我才覺得，我自由了。

原來，身在束縛中時，人的韌性都會讓自己適應而活下去，只有驟然離開束縛，才知道之前是怎樣的窒息，只能小口小口呼吸。擺脫那個不自由的女子身分，我突然可以大大口的吸入氧氣，整個天寬地闊起來。

這世界，如此遼闊而可愛。

在很顛的馬車御座上，我引吭高歌，唱起〈滄海一聲笑〉。

這位病美人沐芳的聲音屬於女中音，略為低沉，偽裝成少年還過得去，就是有點娘娘腔而已。但她音質極美，認音準確，是我前世夢寐以求的好嗓子。

身為女子時，我只能偷偷在屋裡唱給自己聽。既然拋棄那個身分，我就非常開心而大膽的唱了起來。這不是大明朝會喜歡的調子。這個時代還是比較喜歡委婉不盡，白話講就是慢吞吞的拖長拍。

但二十一世紀是個匆忙的時代，哪有那心情慢吞吞拉長音，幸好音質不錯，不然對音樂非常挑剔的灑塵，大概又要痛苦的忍耐了。

「滄海笑，滔滔兩岸潮。浮沉隨浪，記今朝。
蒼天笑，紛紛世上潮，誰負誰勝出？天知曉。
江山笑，煙雨遙，濤浪淘盡，紅塵俗世知多少？
清風笑，竟惹寂寥，豪情還賸了一襟晚照。
蒼生笑，不再寂寥，豪情仍在，痴痴笑笑。」

我反覆唱了很多遍，十二萬分陶醉在自己的歌唱天賦。可惜嗓音真的太稚嫩，不大唱得出氣勢。

灑塵一直淺笑著聽，我想他的心情大概有點像只聽鄧麗君的老爸，忍耐著聽兒子的重搖滾樂。

唱完〈滄海一聲笑〉，我又把所有記得的武俠主題曲翻出來唱，實在是現在非常有那種心情。反正調子記得就好，歌詞缺失的自己補上吧……誰讓我是小說家呢？

中間我問他會不會覺得很吵，他說，「怎會呢？公子，看得出妳很開心。」

既然沒阻止我，就別想再阻止我啦。我就是唱唱，歇歇，喝喝水、看風景，沒跟灑塵說什麼話。有時就捕捉冒出來的點子，想著在哪兒哪兒可以用上……

在一個很小的鎮子歇腳時，太陽偏西，大約三、四點的光景。唱了一路我快渴死，灑塵笑著帶我去茶棚喝茶、吃點東西，瞥見掌櫃的桌上擱了根竹笛。

掌櫃說，那是個書生來喝茶留下來抵茶資的。我看他頻頻視之，似乎很喜歡，我就跟掌櫃買了，隨手遞給他，繼續捧茶碗暢快喝。

不會也無妨。我們跑得匆忙，他來不及去取琴。人哪，需要一點精神生活支撐，就算摸摸不會的樂器，愛音樂的人心靈就會安定許多。或許等到大點的城找看看有沒有古琴……

他橫笛試音，調勻氣息，開始吟奏〈滄海一聲笑〉。茶棚朝西南向，夕陽餘暉遍灑。笛聲悠揚清遠，我都聽呆了。

灑塵對我笑了笑，沉穩而坦蕩，雄渾的唱起來。唉，這歌讓我唱糟蹋了呀……

〈滄海一聲笑〉是給英雄豪傑唱的，我聽得全身雞皮疙瘩都冒起來，完全不能自已。

方唱完，茶棚不多的人都鼓掌喝采了，他很大方的抱拳致謝，走到桌前坐下。

我還愣愣的看著夕陽。清風笑，竟惹寂寥，豪情還賸了一襟晚照。

「……你到底有什麼不會的？」震驚之餘，我問了。

他偏頭想了很久……真的很久，我都吃完一碟糕餅了，他才回答，「生孩子。」

我差點把餅噴到他臉上。極力忍耐，我轉為嗆咳，差點咳死。人和人差別怎麼這麼大呢？我要人笑，得絞盡腦汁，寫個幾百幾千字，人家三個字就讓我噴了。我還以為我很傲呢，結果人家不顯山、不顯水，淡淡三個字就傲氣沖天。

輕輕拍我的背，他還是保持著淡定的笑。

＊　＊　＊

按照原定計畫，我們應該共行到黃河渡口，就分道揚鑣。我原本的設想是，他得了平民身分，看是經商也好，投身幕僚也罷，怎麼樣都比當家奴好。我呢，南下到江南，找個隱蔽安寧的地方，買個丫頭僕役，重建飛白居，置點田地……繼續宅。

但他搞這一齣，打亂我的計畫。

我寫了證明文書，證明我已經給他自由，他堅決不收，放燭火上燒了。但這樣好的孩子，跟我這老太太去隱居等死，簡直是罪大惡極的浪費，社會、國家、人民都不會原諒我。

我氣鼓鼓的撐著臉絞腦汁，灑塵一臉平和的正在鋪地鋪。

在這段旅程中我才覺悟到，不是女人單身很危險，男人單身，也很危險。我在路上被大姑娘、小媳婦調戲（！），也被登徒子問過渡夜資幾許（!!），灑塵冷靜的幫我驅趕不像話的歹徒，卻都跟我一房，在椅子上坐著假寐。

我說了幾次都無效，尤其還真有人摸到我房裡過……他就更跟個石頭沒兩樣，充耳不聞，雙眼緊閉。沒辦法之餘，我只好添購兩床被褥，讓他打地鋪。反正馬車沒人坐，空著也是空著。

這個大明朝真是時風不正，颳起什麼男風！

每次我這樣抱怨，灑塵都會笑，後來他含蓄的說，「公子極適合扮成男子……竟比女子時神采飛揚，極其俊雅……莫怪那些人傾心垂涎。」

被這惜言如金的傢伙稱讚，我也不禁得意洋洋，一展摺扇，自覺風度翩翩，「那可是……只好原諒他們了。」

他現在可愛笑了——真心的笑，不像以前老繃著臉。聽我這樣自吹自擂，他笑了很久，一直保持著淡淡笑意。

不成。我頂多受點騷擾，其實也沒有人會真的用強。越南下就越不顯眼，我想保護自己安全是可以的。我怎麼可以讓這麼好的孩子跟我去腐爛。

在炕上翻過來翻過去，我下定決心，坐起來喊，「瀰塵。」

他果然還沒睡，「公子，屬下在。」

「在你個頭啦！」我最討厭他這種卑屈的稱呼，「我是把你當朋友的！」

他安靜了一會兒，輕輕的說，「我知道。所以公子不但賜字，還以字相稱。」

我的臉孔立刻掠過一陣不自在，幸好沒點燈，不然真尷尬了。大明朝的讀書人都有自己的風骨，寧死不辱。平輩相稱或長輩表示親暱，就會稱呼字。我喊他的表字，就是將他當讀書人尊重，希望用這種潛意識的刺激讓他免除為奴的屈辱。

但我不知道他這麼犀利，居然知道了。

咳了一聲，「既然瀰塵不棄，我想我也該坦誠相待。」硬著頭皮，「我並非梅沐芳。」不管他了不了解，明不明白，我開始講我來的經歷。

但我很難解釋穿越的時間問題，只好含糊的說我來自遙遠異國，借屍還魂。當然也告訴他我前世年已半百，風疾而亡，仔仔細細的描述了我那污染市容的長相和身材。

古人都敬天畏鬼，神鬼觀念深駐人心。就算他跳起來奪門而逃，我也不覺得意外。我想過他會不會一劍劈過來……但相處這段時間，又同行一路，我相信他很重義惜恩。就算我真是隻妖怪，他也會放我逃生的。

等我說得口乾舌燥，他動了動，從地鋪坐起來，我的心臟緊縮了。雖然我相信他，但若一時驚慌，真劈下來，我算是被自己害死的……

他起身，到桌上做了些什麼，走到炕前，遞給我一杯茶。他的眼神很平和，說，「原來如此。」

……啊？我捧著茶，瞪著他發呆。

「雖然我沒見過梅小姐，但舍妹與她為至交。只是舍妹同妹婿赴外任。」他睇了我一眼，「我與舍妹甚為親厚，略聽聞梅小姐的心性，是個終日淚不乾的柔怯才女……」他灑然一笑，「但公子豪俠無閨閣氣……」

我的臉都漲紅了，只得急急的把茶喝乾，他接過茶杯，很低聲的說，「妳嚇不到我的。」

「……這年頭，咋哄嚇人這麼難？」

「哄嚇別人，大約很容易。」他淡淡的說，把茶杯擱到桌子上，又躺回地鋪去。「還有，妳不會駕馬車，別傷了自己。」

我悶了。我非常非常悶。悶到沒辦法，我用額頭磕炕。

他閒然的聲音在黑暗中響起，「磕壞額頭，會耽誤路程的。」

啊啊啊啊～我要氣死了！著著被算到，我還要混嗎？我氣得滿床打滾，搥枕搥被。

他沒再說話了，輕輕的笑聲卻比說話還刺激我，真把我氣得連做夢都罵人。

反正話都說開了，我也秉持死豬不怕開水燙，乾脆開誠布公了。總之，二十一世紀的男女關係，在大明朝簡直是寡廉鮮恥，該全體浸豬籠消除罪惡。

但灑塵都平靜的聽，以一句「國情不同」，就淡淡的打發了我。直到我說到我嫁過一次，還有過五個男朋友，他神色才略略有異，我趕緊加大力道，「……若不是我實在還有基本的羞恥心，真該去青樓揚名……」

他嚴厲的望了我一眼，害我嚇了一大跳，像是把利劍逼了過來。他旋即將眼睛轉向前面，沉默了一會兒，他語氣恢復平和，「妳嚇不到我的。」頓了頓，「別為了嚇我，這樣毀自己。」

我悶悶的垮下肩，用後腦勺敲車壁。

大概被我敲的聲音搞煩了，他閒然的說，「公子，妳到現在還不會綰髻。敲散了……妳要我在路旁幫妳梳頭嗎？」

我要瘋了。沖天一吼，張開口就「怒髮衝冠憑欄處」。

沒錯，我氣到唱〈滿江紅〉了。後來把所有愛國歌曲和軍歌都唱了一遍，胸口鬱悶的怒氣才消散。

唱歌真是調劑身心的最佳良藥。難怪那麼多人愛唱KTV。

「公子，」他語氣又恢復淡然冷靜，「那是岳飛詞〈滿江紅〉吧？」

「是啊。」我這人就是怒氣來得快，去得更快，很快就不氣了。

「再唱一次吧，」他揮鞭，「我好記譜。」

何止唱一次，我唱了好幾次。反正路上也沒什麼事幹。但唱到最後我不免中氣不足，有些破音。我一破音，他就微微皺眉。這人全身上下耳朵最尊貴，捱不得一點難聽。最後他乾脆幫我唱最後一段，省得被我折騰。

真是……人心就是貪。得了好嗓子，還是遺憾不夠雄壯。因為我喜歡的通常是非常雄壯的歌曲。

等歇馬的時候，他就能用竹笛吟奏〈滿江紅〉了。我閉著眼睛聽，覺得心靈非常豐富，無比幸福。

路途遙遠艱苦，但心靈卻非常愉快。我倒有點希望這旅途永遠不要停了。剛開始覺得苦，習慣就還好了。一切都變得非常簡單，趕路、吃飯、睡覺。住著便宜的客棧，吃著粗糙的食物，但精神上十二萬分之舒暢。

尤其瀟塵又是個這樣好的旅伴。話不多，總是靜靜的聽。偶爾答話又很命中要害，常讓我笑死。不挑吃、不挑穿，又是世界精英級的保鏢。我都有點捨不得嚇跑他了。

但想想我那妖魔似的體質，很不忍心這個正常人跟我成為朋友，最後也搞到不正常，沒法善始善終。

只是他異常犀利，只要我開始講自己的壞話（但都是實話），他馬上睇了我一眼，「妳嚇不到我的。」聲音特別低、特別輕，和他平常說話的穩重完全不同，害我非常非常不自在。

我虛張聲勢的回，「怎麼，不敢聽？」

「怎麼不敢？」他泰然自若的揮鞭，「盧公子都敢說葡萄架下……」

我揮手哇哇大叫，「停停停停停！夠了夠了夠了！我投降！投降！」

原來他都記著呢！太過分了吧？

「君子非禮勿視、非禮勿聽、非禮勿言！」我沉痛的指責他。

他慢悠悠的破空一鞭，「我不是君子，我是公子的家奴。」

「奴你媽的頭啦！」我大罵，他卻笑了。

*　*　*

這段旅程走了幾個月，終於到了杭州。

抵達目的地，我鬆了口氣，但又覺得有點空虛。只是，我也不敢深入探討我為何有空虛感，省得給自己招心魔。

到了杭州，我們在州城不遠的城外覓了處農舍，租賃了兩間廂房暫居。南方人秀氣，連農夫都斯斯文文的。他老婆幫我們煮飯洗衣、收拾屋子，本來我想請個人幫我梳頭服侍（這幾年真被養得很腐敗），但灑塵堅決不允。

「公子諸事多半自行料理，梳頭屬下來就可以了。至於提水等雜事，又不費什麼力氣，屬下當為。公子既然堅持這樣的身分……」他頓了頓，「還是不要輕曝人前好。」

我張大眼睛，「……你覺得我一直當男的好嗎？」

他安靜了一會兒，「公子身為女子，原本就可惜了。」

我仰面倒在床上，「說不定喔。我前世當女子也是可惜了，可惜我喜歡男人……」我馬上住口。

灑塵也沒講話，只是站在床前。我突然覺得氣氛很尷尬。爬了起來，「咳，那個……他們浴室在哪？」

他垂下眼簾，「公子請稍後。」

後來他把澡盆和熱水都提了來，我才知道要在房間洗。我在飛白居被嬌養得太習慣，還有獨立豪華大浴室，澡盆是特別訂製的大。

看著狹小烏黑的澡盆，突然很想念我的飛白居。旅途中萬事從簡，我還在河裡洗過澡呢！只是一安定下來，沒能痛快洗熱水澡……罷了，真是養得太腐敗了。

他放下東西就關門出去，說他會在門外守著。

我嘆著氣洗澡，不管多麼簡陋，能洗去一身旅塵也是件快事。我連頭都洗了，穿上乾爽的衣服，舒服的昏昏欲睡。

已然向晚，彩霞滿天。我開門出去的時候失神了一下，多麼乾淨的傍晚。

「……我好了。」我回神看著灑塵，「不好意思，要麻煩你。」

他輕笑，「公子太客謙。」他毫不費力的收拾好，看著我，「公子還是把頭擦乾些再晾髮吧，仔細著涼。」

我點頭，「你也去洗個澡吧。一路辛苦了。」

他猶豫了一下，「公子，我在井邊沖涼……」

他是怕我不小心闖過去？我臉孔抽搐了一下。「我在廊前坐，哪都不會去。」

井在屋角隱蔽處，我這兒是看不到的。但屋狹院淺，沖水的聲音很清楚。灑塵身量高，既不太壯，也不太瘦，肌肉很含蓄卻頗有張力，隱在窄袖短衫之下，使力才略可見聞。

很像我最欣賞的男明星基諾李維。我想到基諾李維穿著那身帥氣的黑大衣，和某部電影出浴時的美好身材……不知道灑塵脫下衣服是不是……

我馬上劈哩啪啦打了自己一頓耳光。

禽獸啊禽獸！妳這禽獸老太太啊！想什麼呢？真是太誇張、太過分了，才二十七、八的小夥子啊，都能當兒子了，胡思亂想個啥啊？何況還是妳朋友！大明朝唯一的朋友！

我沉痛反省自已的禽獸不如。人異於禽獸幾希也，真是說得太好了。男人禽獸也就算了，咱們都知道他們進化程度遲緩，女人禽獸算什麼事情呢？我前世雖然號稱百人斬、最佳情人，可沒有一個我去垂涎的啊！都是別人死磨硬泡，才傲得沒邊的勉強點頭。

到底我是怎麼了啊？難道是荷爾蒙作祟？但我心理素質已經鍛鍊出來，不至於啊……

想得正出神，灑塵突然出聲，「公子，妳怎麼沒把頭擦乾呢？」

我嚇得立刻跳起來，踹倒了竹椅，貼著牆。看著他，我咽了口口水。

他換上了乾淨的粗布短衫，拖著一頭溼漉漉的頭髮，看起來特別張狂不羈，和平常的肅然截然不同。

他沒把前襟扣好。

「你、你……」我結巴了幾個字，「走路也出點聲音，嚇到我了！」

「對不住，公子。」他遞給我一條乾淨的布巾，扶起竹椅，又拿了一張過來，很自然的坐下來擦頭髮。

我胡亂擦著頭髮，又覺得羞愧。「呃，是我太大驚小怪……」

「我知道。」他聲音很平穩，又輕聲說，「妳什麼都嚇不到我的。」

我把布巾整個蒙在頭上，悶著拚命擦。隱隱覺得不大妙。

他很快就把自己弄清爽，也梳好了頭等乾，我還在跟扁木梳和糾結的長髮生氣。這時代沒有潤絲精，用肥皂洗過（這時代有肥皂了……還是天然的呢！）非常乾澀。但我對頭油深惡痛絕，寧可含著眼淚梳通，也絕對不抹那油膩膩的玩意兒。

「……公子，我來吧。」他取去了我手裡的扁木梳，很耐性的梳著糾結的長髮。

他是個君子。即使幫我綰髻，也不會碰到我，技巧非常高超。我想他到二十一世紀都還能當個型男美髮師，搞不好還成什麼大師上電視。

晚霞更豔，天空已經開始有了絲絨黑了。不知道怎麼，我想到《赤壁》的一個場景，隨口跟他講這部電影。說到諸葛孔明的經典台詞「略懂」，他失聲笑出來。

問他笑什麼，他解開一團糾結的長髮，才慢慢的說，「吾以諸葛丞相遙師之。」他笑了幾聲，「所以諸事皆……略懂。」

我又噴笑了，扯到頭皮，眼淚汪汪，真是樂極生悲。

等晾得半乾，天色也暗了下來，大娘把飯菜送過來，我們用了。雖然無甚葷腥，但我對吃不挑剔，能飽就行。白米飯非常好吃，我吃了兩大碗。

不用扭扭捏捏讓我身心極度舒暢，更不耐煩繃緊頭皮綰髻，很隨便的綁了個高馬尾。把食盒送回廚房的灑塵也學我把頭髮紮了個高馬尾，襯著他淡定從容的氣質，一整個英姿煥發，性格得沒話說。

我趕緊閉嘴，省得口水流下來。

快快快，快讓我轉移注意力！我撲過去翻箱，「我的筆墨和紙張呢？」

「公子要寫作？」他三兩下就找到了，取了點水，開始磨墨。他的手很大，指頭纖長，骨節不明顯，優雅又英武。既是讀書人的手，也能握寶劍。

我猛然在桌子上用力磕了一下額頭，緊緊閉眼睛。睜開眼就沾墨開始寫，把我這一路想的故事組織完成。一旦開始寫作，所有雜念都排除在外了。省得我老是想東想西，越趨向禽獸……

這是篇很短的故事，有點類似《聊齋》吧。所有的傷痛都會痊癒，所有的不幸都會過去。再多的豪情壯志不管有沒有實現，都曾經燃燒過。夢想只要曾經輝煌，就不算枉費。

寫完已經夜很深了。我手痛而且瞌睡，但心情很滿足。暫時的，我昇華了。

灑塵看著，速度很快。我都不知道他只是翻翻，還是真的看完了。最後他沾了點墨，在我稿子後面寫了一行字，收了筆硯，輕聲說，「公子早點安歇吧。」

我點了點頭，看他出去，我就寬得剩下單衣，爬上床。躺了一會兒，還是跳下來，翻看他寫了什麼。

他的字真是好看，剛肅強直，寧折不彎。但他寫著，「豪情還賸了一襟晚照」。

他看明白了，懂了。我滿足的嘆氣，又爬回床上。明明很睏，但不知道為什麼我睡不著。翻了很久，我鬱悶的用額頭撞床。

「公子？」他的聲音從隔壁傳來，我張目結舌。「我在這裡，仔細傷了額頭。」

「……你不要那麼犀利行不行？」我翻身躺平。

「我說過，我願為公子效死。」他停了一會兒，「而且，妳無論如何都嚇不到我……就算教妳騎馬，妳也絕對沒我騎得快。」

……我的確想過甩開他逃跑的事情。老天爺總是給我相同的牌，就算是不同，也用特異功能弄到相同了。我不忍……很不忍。多好的孩子，不該毀在我手裡。

「你不明白……」我澀然說。

「是妳不明白。」他打斷我，「睡吧，妳勞心整夜，又不慣燭火。」

我仍然鬱鬱，隔壁卻傳來低低的歌聲，〈滄海一聲笑〉。聽著他低沉渾厚的聲音，我運轉過度的腦袋獲得冷卻，緩緩的睡著了。

第六章

在那農舍我們住了半個月，到處物色合適的落腳處。我還是想重建飛白居，但就是沒看到喜歡的。

這時候我開始學騎馬了……騎驢總不太適合佳公子的形象。

灑塵買了兩匹很瘦但很神駿的馬，他說他對相馬「略懂」，我想是謙虛了吧。兩匹都是棕色的，他把當中比較溫馴的那匹給我。我悶了。

溫馴就跑得比較慢，逃都逃不快。

但這樣溫馴的馬我還是騎得膽顫心驚，騎沒幾個鐘頭就腰痠背痛，累得渾身打顫。他一面耐心講解，一面隨時準備抓住我的轠繩。不過老太太有個優點，就是好強。

怕人笑我都咬牙硬學了，騎了一個禮拜，最少姿態優雅，上下馬風度翩翩。誰知道我大腿內側磨破了，天天摀著屁股流淚。我想不等大腿內側的嫩皮練結實，屁股習慣馬鞍，我是別想飛馬逃跑……連慢馬緩轡走個十里我都有困難。

每天騎馬走路都花很長時間，我無比想念我的五十CC小綿羊。天氣漸漸炎熱，沒洗澡我不睡著。雖然我覺得去井邊沖涼就好，但灑塵堅決不肯，寧可天天幫我提水來房裡。往往洗到睡在浴盆裡，要灑塵在外面拚命敲門。

或許是太累，洗澡吃飯以後我就躺平，提不起半絲力氣寫東西了。但我又不是那麼容易入睡的人，灑塵常常靠著牆壁跟我聊天。

大概是隔堵牆壁，人的心防都比較鬆弛。有回我半睡半醒時，他自言自語的說，「在去官奴處之前，我已經關在黑牢裡半年了。」

我睜大眼睛，瞬間清醒。

「黑牢，真的一點光都沒有。就一個人關著，沒有說話的人。每天唯一可以看到光的時候，就是準備行鞭刑……會點一盞小小的燭火。一天領十鞭，可以看到光亮一小會兒。有陣子……我很渴望挨打……那時候我覺得自己非常墮落低賤，數次幾乎開口求饒……」

……他沒被折磨出神經病已經是萬幸，還什麼墮落？人活著非常需要溝通，就算我不開口的隱居生活中，我也會用BBS和讀者耍嘴皮。何況是完全沒有光的獨自監禁。

忘了哪兒的報告說，這樣關出來的人通常沒幾天就發瘋了。他還堅持了半年！

牆上傳來輕輕的悶響，我想他是靠在牆壁上。「但我沒有求饒。什麼都沒有了，難道最後的風骨也沒有了嗎？我想著，皇上總會了解，這是非戰之罪，他只是一時激憤。雖然文死諫、武死戰，但當時的情形……真沒法打，下令撤退也是沒辦法的。」他沉默了會兒，「可皇上不了解。他特別恨我……因為我是他破格提拔超升的……但是我卻下令撤軍。」

「這皇帝是個瘋子。」我忍不住開口了。

「……公子，請不要辱及皇上！」他語氣隱隱含著飽滿的怒氣。

我啞口片刻。這個古人的愚忠我真受不了了，被害成這樣還維護那個破皇帝！我想罵他，又覺得很不忍心，不罵我胸腔快爆破……只好拿額頭去撞床。

「公子，」他怒氣漸去，無奈增生，「仔細傷了額頭。」

趴在床上，我不想抬頭，「……然後呢？」讓他講講吧，這段黑暗的經歷講出來，對心理健康比較好。

他沉默良久，又開口，聲音很低沉，「我被拖出黑牢的時候，我父親已經等在外面，當眾鞭打我一頓，告知我已經被除出族譜。之後心力交瘁，我患了傷寒。當時熬過黑牢的同袍被買去渤海煮鹽……因為我染病，就不要了。官奴處上報，希望能幫我延醫。」他苦澀的笑了一聲，「皇上口諭，君辱臣死，要我跪在官奴處，直到有人敢買或病死為止。」

……這皇帝不但失心瘋，還有精神分裂，病情非常之嚴重，必須關在療養院省得害人害己。這麼一說，誰還敢買？最少官場上的親故好友都不敢動。

但我不敢批評皇帝，怕又招他難過。

「我想我是必死無疑。我不怕死，但我希望有人跟我說句話。關了那麼久的黑牢……見到這麼多人，每個人都跟我的眼神迴避，更不要說說話。我只能咬牙，堅持最後剩下的風骨。死也要死得像個士大夫……」

他聲音柔和下來，「但公子，妳看了我一眼……不對，兩眼。」語氣鬆快很多，只是更輕啞，「我本來以為是修華……我的未婚妻，不避嫌疑來救我了……但妳走路的時候那麼輕快，一點都不像女子。妳訝異的回頭看我一眼，我就知道妳不是修華，妳也不認識我。但妳又看了第二眼，眼中滿滿的……都是傷痛和悲憫，用看一個人的眼光，而不是一個獲罪官奴……」

良久，他沒說話，我還陷在震驚的情緒。「你、你知不知道……」我困難的問，「你知不知道可能……你知道的，被一個富有的下堂妻買去……」

「親隨？」他輕輕的問，「我想過。但若是妳……」

「兩眼就把你買了，你怎麼把自己標價那麼低啊!?」我跳起來罵了。

他輕笑了一會兒，「妳救了我的命，尊重我就像尊重一個……人。妳甚至怕我困窘，盡量不跟我接觸……竭力表達妳沒那意思。妳只是單純的不忍……」他語氣一變，顯得堅毅爽朗，「士為知己者死。我說願意為公子效死，是真的。」

……多麼好的孩子啊！我簡直要哭了。就為了我那稀薄的善心，他要把命賣給我了。雖然真的有夠笨的……但這是念太多聖賢書的後遺症，大明朝讀書人的普遍疾病，你又不能太怪他。

但我居然還會偷想他脫衣服的樣子……我禽獸啊！不對，我禽獸不如啊！

「就算……」他語氣裡帶笑意，「就算妳偶爾會瞧著我……也是嚇不到我的。我從不會忘記自己許的諾。」

我從床上跌下去了。

「公子！」我聽到他下床的聲音。

「我沒事！」天啊！地啊！你不要現在進來啊！我還沒把坑挖好，尚未把自己埋起來！

……他知道我在看他！他大概也知道……啊啊啊啊～我不要活了，丟臉丟臉太丟臉！

為了掩飾我的羞怒，我罵了，「我是氣得掉下床的！你怎麼可以這麼廉價的把自己給賣了！千金一諾，瞧瞧人家怎麼做生意的，一諾千金啊！你兩個眼神就把你買了，怎麼可以這樣……敗家子啊敗家子……」我嘀嘀咕咕罵了十來分鐘，開始重複循環才喘氣的停了，趕緊爬起來找水喝。

等我氣呼呼的爬上床，才躺平。他又扔了一顆炸彈。

「效死都行了，還有什麼不行……」他沒再說話。

而我呢，被炸得亂七八糟，更是徹底啞了。後來怎麼睡著的，我也不知道。大腦當機到天亮我才想到找他來罵，「你這樣完全不健康你知道嗎？要學會愛惜自己啊！千萬不要發神經胡說八道，自輕自賤……」

他默默的聽了一會兒，突然湊我近點，「妳嚇不到我的，也不要想可以把我趕跑。」把我的頭扶正，開始梳頭綰髻。

我久不發作的偏頭痛發作了。

有幾天，我完全不敢看他，他倒是一副平靜的樣子，一切如常，像是那天他從來沒說過那些話。

＊　＊　＊

我仔仔細細從頭到尾想了一遍。我終於冷靜下來可以分析，他這的確是一種極度不健康的古人心態。

古人把恩看得很重，隨時可以為了一恩，拋頭顱、灑熱血，非常激情澎湃。但我這下堂妻也沒太多需要灑熱血的機會（又不是天天可以遇到武呂合體的殷小姐），他覺得恩還沒報夠，乾脆把自己給我了……像那些孀居貴婦的親隨。

不健康，太不健康。不說他不是那塊料，他還是個持士大夫氣節的讀書人呢，自輕自賤，不行不行。

果然我是個妖魔啊！好好一個有節操、有才華的孩子遇到我，就生出這樣不健康、不正常的想法，不可以、不可以、不可以。

好在他是處於被動，我只要好好自我約束，什麼事情都可以平安過去。不能平安過去……我還有兩條腿，我不會跑嗎？為了再增加逃跑機率，我更認真的學騎馬。他有時候會深深看我一眼，但也不說什麼，我都裝沒看到。

尋尋覓覓，我們還是找到了一處半荒廢的庭園。雖然我們住還是太大了。這是個退休京官的別業，死了一個小妾以後，傳說鬧鬼，就不再來，遂荒廢下來。

我前後走了一圈，沒感覺到什麼異樣。「沒有鬼啦。」我小小聲的跟灑塵說，「你喜歡嗎？」

他抿唇一笑，「我也喜歡。」

等雇工來整理後回去，他才帶我去看為什麼他喜歡。

那是一個葡萄架，長得非常茂密。

我的臉慢慢燒起來，怒氣也漸漸升騰，和羞意絞在一起，吼了出來，「你不戳我，日子過不去是不是?!」

他站在葡萄架下，不講話，微微昂起下巴，眼神變得很深邃，還有一絲挑釁。「盧公子說……」

「住口！」我衝到他面前吼，「你怎麼老要拿他來氣我？你是不是很想試試看不敢講?!」

他把臉湊過來，很慢很慢的說那句老話，「妳嚇不到我。」

我的雙手在身後緊握，咬牙切齒的昂首把唇壓在他唇上。

他沒有退，也沒有閉眼，我想他也把手背在背後。我想退，但又覺得很丟臉，一整個騎虎難下。

貼在我唇上，他輕輕的彎了彎嘴角。我覺得被嘲笑了。

轟的一聲，腦神經燒斷了。小朋友，誰能笑到最後還不知道呢！激我？你沒瞧盧大公子哭都來不及嗎？

我伸出舌尖，輕輕舔他的唇。他的唇形很美，很軟。我曾經覺得男人全身上下都粗糙不堪，只有他們的唇，永遠保持嬰兒的柔軟，非常甜美。

他呼吸沉重了一些，微微張開唇，牙關輕啟。

我若專注於某事，外界一概無聞，連我可憐的良心怎麼哀號痛泣，我都聽不見。現在我正在吻這個男人，我專注在這件事和這個人，其他都不關我的事情。

我知道他準備好了，但我卻只頻頻啜吻舔舐他的唇瓣，聽他呼吸漸漸粗重、輕喘，我才把舌尖伸入他的嘴裡，輕輕引誘他的舌，等他也追著來的時候，我使了點力吸吮，不讓他回去。

他發出一聲輕「嗯」，眼睛閉了起來。

我更用力的握緊在背後的手，給自己找點理智回來。我要調整節奏和深淺，不能太沉迷。

他的呼吸越來越重，偶爾碰到的臉頰告訴我，他的體溫越來越高。我開始加大力道，甚至有點粗暴的吻他。逼得他必須彎腰才能貼近我。

我們倆都犯了倔性。我死都不肯抱他，他也把手死死的拶在背後，用這樣不舒服的姿勢激吻，因為沒有支力點，我只好把胸口貼在他身上，他動了一下，手臂差點抬起來，又僵硬的背回去。

我大約狠狠地虐待了他一回，我自己的唇和舌頭都有點痛。我還能冷靜的控制住自己的聲音，古人經驗還是太少，偶爾還是會發出一兩聲很小聲的呻吟，我要很克制才不會腿軟。

「睜眼。」我冷冷的命令。

他緩緩的把眼睛睜開，我狠狠地掠奪一番，倒退一點，仰頭讓他看著還牽連我倆的銀白唾絲，非常頹靡。

他短短的失去了呼吸。

我退了兩步，語調更冷，「以後，別再挑釁我。」我想舉袖擦嘴，終究還是放下，轉身離開。

我癱瘓的大腦和良知開始運作。我居然……做了這麼罪不可赦的事情。我怎麼欺負了一個這樣的小孩啊?!他挑釁就挑釁，跟他計較幹嘛？我瘋了我?!

他居然還在後面跟著我。

我先是快走，然後小步跑，最後根本是狂奔進還沒整理行李的房間，用力把門摔上，一傢伙撲到床上滾來滾去，搥枕搥被，無意義大喊大叫。

他默然站在窗外，一聲不吭。除非我拿頭去撞床，他才會說，「公子，仔細傷了額頭。」

「傷我的額頭關你什麼事情?!」我對著窗外的他罵。

「……公子若牛我的氣，責罰我就是了。不可自傷身子……」他語氣還是很平靜，就是呼吸有點不穩。

「閉嘴！」我尖叫，「被強吻的人有點自知好不好?!」

「我沒有這麼覺得……」

我用一陣哇哇大叫混掉他底下想說的話。我怎麼這麼經不起激啊……以後怎麼面對他……

那天我連飯都不吃了，倒在房間裡裝死。他也沒逼我，開隔壁的房間睡了。

終於滾累睡了一會兒，看看月已中天，傾聽他房間裡沒有動靜。逃吧！反正我裝成男子沒人懷疑過……逃吧！

我悄悄的包了一小包金銀和戶籍路引，其他都送他吧。說到底是我強吻人家，當賠償好了。

可等我躡手躡腳走到馬廄……他從乾草堆上起身，眼神似笑非笑。

「這麼晚了，公子要去走走？」

……氣煞我也！

「嗯。」我總不能說我要逃吧？

「灑塵陪妳去吧。」他淡然的給馬上鞍。「晚上惡人很多，說不定就躲在葡萄架下。」

我磨了磨牙齒，「對不起喔，我就是惡人！」氣憤的翻身上馬。

他偏頭想了想，「還沒見過這樣俊雅無儔的惡人，長見識了。」

我在馬臀上輕打一鞭，撒蹄跑向月光遍灑的田園，他也從後面輕鬆追來，不離左右。

＊　＊　＊

這個家馬上有了禁地，就是那個該死的葡萄架。

本來我馬上要拆了它，但灑塵不允，我更生氣。「葡萄架下好人也變成壞人了！那是個邪惡的葡萄架……」

他垂下眼簾，「上天有好生之德。」

……現在你給我仁民愛物、世界大同啦?!

但我又找不到更有力的理由，只好哼哼的走開，以後成了我的心理障礙，遠遠看到葡萄架就繞著大圈走。跟在我後面的灑塵目不斜視，非常鎮靜，好像完全沒他的事情。

他待我還是一如往常，有禮、恭謹，偶爾出言就命中要害。像是葡萄架下根本沒發生什麼事情，他也沒有滿臉通紅的發出輕輕的嗯……

打住！快打住！我用力的拍額頭，趕緊把良知找回來，抓著不放。

幸好我們還有很多事情要忙，所以這節可以輕輕揭過。畢竟總不能坐吃山空，在杭州置產勢在必行。

我們這位「略懂」的灑塵公子，帶著我遍野看田地，最後離杭州三十里的地方置下一處莊子，約百畝左右。大約一年吃飯不用愁，還能有一點結餘。想大富大貴不可能，吃飽穿暖還是可以的。

只是我哪懂哪裡好、哪裡不好，是灑塵不放心我，帶著到處跑。他對我的要求只有微笑，說這樣就可以把價錢講下來，據說十二萬分無邪。

這大明朝真的有病，賣主看到我都會痴笑。這富麗男風是怎樣……但我也明白，若不是這具皮囊好，別說這些賣主，就算灑塵連正眼都不會瞧我一眼。就是有這份明悟，所以一直都很冷靜。

我覺得老天爺待我是十二萬分之有創意的。他補償我，讓我彌補前生的遺憾，證明我若有三分美貌就可以迷得眾人暈頭轉向，但我內心深處還是那個很倔、很傲的醜陋老太太。

說彆扭也行，但保持這樣的明悟，和世界疏離些，保持一絲悲涼，才不會傻傻的去踩地雷。

可以說，就算有人跪地哭著說三字妖言，我的心臟都不會多跳一下。就算那個人是灑塵……但他不會那麼做啦！

我一路觀察下來，他是個非常克己的人。他在葡萄架下故意激我，只是想告訴我，他願意彎下驕傲的腰，如果我想，也可以當我的親隨。我不碰他，他也絕對不會碰我。

但我覺得這樣侮辱了他士大夫的氣節。不應該為了一個發了瘋的皇帝，讓他這樣自暴自棄。再說，我也很懊悔。如果不是我這妖魔的話，他也不會自辱到這種不正常的地步。

我趁到處看產業的時候，斷斷續續跟他講了我悲慘的人際關係和這種妖魔般的體質。我很鄭重的告訴他，他真的很好，並不是他的錯。只是倒楣攤上這種皇帝，這種時代。他還有機會揚眉吐氣，不應該被我這妖魔老太太污染。

「所以，公子不是生我氣？」他定定的看著我，眼神很清澈。

「我生自己的氣。」我悶悶的說。

他垂下眼簾，「……公子，正常何解？」

……我被他這四個字打敗了。是，我答不出來。

灑塵粲然一笑，「何況，我並非妳的……」他頓了頓，「我是妳的……」他回憶了一下，「員工。所以公子的體質，和我無關的。」

……我被繞暈了。當中似乎有什麼不對，但我卻沒辦法找到合理的反擊。我走神很久，醒來才發現我沒握著韁繩。灑塵牽著我的馬，驅馬在側，慢悠悠的走。

我覺得跟個師法諸葛亮的前任軍官講話，處處落下風，非常吃虧。

這件「意外」算是過了。但我再也沒有走到葡萄架下過。那個邪惡的葡萄架，真該拆了才對。

第七章

我們在杭州城外定居，掛上了「飛白居」的匾額。心境卻大不相同。

當初我還是個下堂妻，大門不出、二門不邁的婦道人家，現在我是個秀雅端麗的少年公子，行走自由。

雖然要維持這樣的身分有點辛苦，但只是少腐敗一些。瀟塵只招了四個僕人，一個廚娘，竟沒半個丫頭。而且我們居住的院子，只有打掃的時候可以進來，其他時候是不要僕人留著的。

我們居住的小院不大，就三間房，加上一個小廚房。那個廚房讓瀟塵改成浴室了……反正我們也沒人會在那兒開小灶，圖個燒水洗澡方便。

至於我身邊瑣事，都是瀟塵打理的。

我？我從廢物夫人變成廢物公子，沒出門的時候就窮寫。但出門的時候還是比較多的。畢竟「上有天堂、下有蘇杭」，好不容易來到這古今聞名的城市，怎麼可以不好好了解？

這是個生命力極度旺盛的城市。像是〈清明上河圖〉略改衣冠，活生生重現在眼前一般。每個人都面帶安詳，街上熙熙攘攘。我和灑塵大街小巷的逛過去，指指點點，非常開心。

路上行人常常回頭看我們。我想我在江南還是太顯眼了點……應該說這位病美人的容貌在女子身上是三分，頂多膚細面白，五官清秀。但在男子身上就有了七分，灑塵又很會配色搭衣服，一整個加到九分……剩下的一分是我氣質不夠英挺，但也比路上那些胭脂氣的少年公子看起來更像個男人。

至於灑塵，當然不到那種靡麗美男子的地步，但他氣質突出，英武又儒雅，面容端肅，不怒自威。真真是大好男兒。至於其他，我就不想多形容了，省得我好不容易抓住的良知又心猿意馬……

咳。總之，我們分開站就很顯眼，站在一起叫做加倍的顯眼。因為我對這皮囊沒太多的認同感，所以頗泰然自若。而灑塵呢，我相信這種眼光應該是從小跟到大，免疫性也非常高。所以我們倆頗有旁若無人之感。

逛了大半個杭州城，讓我驚喜交集的是，這個大明朝的手工藝技術非常發達，《天工開物》記錄不到十分之一。作坊林立，竟有基本小市民階級了，讓我看得連連點頭。

最有趣的是，印刷業已經有了，也有了活版印刷，只是容易毀壞，所以雕版印刷還是主流。但我看到套色印刷真是驚喜莫名，沒想到大明朝就有了……還如此之精美。

書肆也很不少，常用書籍，像是四書、五經之類的都是雕版居多，當中也有手抄書，數量還很不少。我翻了翻，已經有小市民看的通俗小說和話本了。語法接近《西遊記》那種半文半白，但沒好好磨練，寫作手法還很粗糙。

逛書肆前，我們已經先去聽過說書了，我心底有了個打算，只是還得想想。正在這兒翻翻，那兒翻翻，我翻著《論語》輕聲抱怨，「沒有句讀，很不好讀……真該弄個標點符號表……」

「先生會教句讀。」他也翻了翻，「公子，妳打算要置書肆？」

「你真敏銳欸！」讚了一聲，我根本沒提過，他看我這樣逛來逛去就明白，見微知著。「但不是光書肆，我想在旁邊開個小說書館兒，就拿書肆的書去說……連鎖企業！」

他失笑，「難道本本都能說？」他挑眉，舉了舉《論語》。

我一時玩心起了，「這有何難？將孔老夫子的精華鎔冶成一爐也成！信不信？」

他含笑不言，放下了《論語》。

「小看我！」我把摺扇收起來，「仔細聽了！」

雖然是剽竊，但示範嘛，我相信阿亮不會跟我計較的。（不是諸葛亮＝＝）

「孔子的中心思想是個仁，」我拿摺扇在手上打節拍，用數來寶的方式念，「仁的表現是，己欲立而立人，己欲達而達人，己所不欲他勿施於人，如以仁為本體，表現在具體的行為上……come on everybody 一起來～」

這段我可是練很久哩，當初聽到驚為天人，現在拿來唬爛古人灑塵，還不是小菜一碟。

我大概連表情都做上了，從來不曾大笑的灑塵笑到眼睛都瞇了。等我喊完那串子，旁邊已經一堆人了。我一展摺扇，非常洋洋得意。自覺才貌雙全，真是秀雅絕倫的才人公子。

但觀眾反應不一。市井小民通常是大笑，頻頻鼓掌；書生呢，有的掩口偷笑，有的卻臉色鐵青，書肆老闆的表情最精采，想笑但不敢笑，憋得臉通紅。

「年紀小小不學好，就知道詆毀聖賢！」有個才子排眾而出，對我喝道。

他的同伴拉他，「柴公子，罷了、罷了，跟小孩子計較……」結果他的同伴噗嗤一聲。

「是啊，柴公子，不要這樣嚴肅。這位小公子言語詼諧，很是有趣呢！」一個圓臉笑嘻嘻的書生對我揖了揖，「敢問小公子貴姓大名？」

「貴不敢當，」我笑咪咪的回答，「晚生姓林，名玄雲。一時口快，失言失言。想來孔老夫子大人大量，不會跟我這小鬼計較。不是說有教無類麼？我倒是晚上請周公慢來，孔老夫子要親自教導我這不肖之徒了。」

書生們哄堂大笑，連那個繃著臉的柴公子都噗嗤。只有灑塵沒笑，微皺眉以眼示意，我笑了笑，眨眨眼。

我若在杭州城以男子身分生活，就得檢測會不會被看穿。眼前倒是個很好的檢測機會。若是太容易被看穿，我回去當宅女好了。如果不會，這個林玄雲公子就可以橫著走了。

好一會兒，他才點點頭，靠我近些。

這些書生邀我們去吃飯，我沒拒絕。但我拉灑塵坐下的時候，他們卻變色了。我想到他穿著打扮是僕役，這又是個封建社會。

沉吟一會兒，我說，「這倒是不便了……只好謝絕各位好意。灑塵兒，我們走吧。」

「欸欸欸，」那個姓邵的公子拉住我的袖子，「玄雲何出此言？只是……」

我沒聽他只是個屁，就一臉悲傷的說，「我與瀰塵兄名為主僕，情如兄弟。當中緣故，一言難盡……但令兄立而弟食，弟實在無法下嚥，只不該擾了各位的雅興……」

這招叫做吊胃口。果然，這起缺乏娛樂的半大小孩眼睛都亮了，頻頻追問。

我呼嚨得他們找不到北，把瀰塵的身世說得義薄雲天，高風亮節。總之呢，瀰塵成了受我先人恩惠，在我父母雙亡的時候自賣入林府，把幼小的我撫養長大，力抗險惡的親戚，多次救了我的性命，保下一點薄產，又護著我千里尋姑母，卻又不遇，一直不離不棄，忠心耿耿。

我硬眨出紅眼圈，語出哽咽，「玄雲愚鈍不堪，才疏學淺，遠不如瀰塵兄學富五車，至高才情，堪稱文武雙全。卻為了不肖弟自賣奴籍，自毀前程……」

瀰塵不斷用眼睛看我，我眨眼示意他別開口。他只好將眼睛放到地上去數螞蟻。

這票半大小孩的眼眶也跟著紅了，連呼，「義人！當今果然尚有豪傑之士，義薄雲天！灑塵兄請上座！」

灑塵只好停止數螞蟻，「玄雲弟言之太過了。」他瞅了我一眼，似怒非怒，「林某所為皆所當為，不敢稱義。」

接下來交給他去應酬就好了。難道還要我跟他們之乎者也？

總之，我們成功的踏出走入文人圈的第一步。灑塵的「義名」，也會讓他代我出面時得到尊重的待遇，我可以繼續當我詼諧又廢物的玄雲公子，多划算啊！

活了五十年不是白活的。

*　*　*

從來沒有想過，我這張臉皮也有當敲門磚的時候。但因為是病小姐的臉皮，我心裡覺得有趣，倒沒有其他想法。我的感覺比較類似「畫皮」（聊齋版非電影版）的老妖怪，皮是借來的，如夢幻泡影，但瞧世人為之癲狂，有種悲涼的有趣。

但我這樣無視自身容貌的疏離，卻被解釋成「淡定從容」，非常荒唐而富有喜感。

總之，我和灑塵搭配得挺好。結識那三個才子以後，他們的朋友也紛紛投帖，想認識風神秀異的林玄雲公子，太私人一對一的我就婉拒了，人多些的宴飲通常我都欣然而去。

然後他們就會被義薄雲天、文采斐然的灑塵先生的談吐吸引，我只負責說笑話和吃東西。

這就是花瓶和智囊的結合啊！多完美。

這段當交際花（還是交際草？）的日子，其實頗有趣。遙想我年輕的時候（幾十年的往事了），我其實是個愛熱鬧的人。每次聚會都會「盛大演出」，讓同座笑個不停，巧妙引導談話方向和節奏，絕無冷場，基本上我真的很喜歡人類。

只是這妖魔般的體質，和污染市容的外貌，讓我高傲的自尊心受不了。我漸漸不參與聚會，就是常聽到有人說「怎麼這樣的女子，長成這樣……」、「她不錯啦，可是實在不是不漂亮可以形容……」、「什麼？她就是蕪蘼?!騙人！我的幻想都破滅了……」諸此之類的。

喜愛美貌，希望小說家才貌雙全，是人追求完美的希望，無可厚非。只是我太傲又太倔，過不了自己那一關。而不在意我容貌與我為友的，又不免會被妖魔體質污染，或原本就不是那麼正常才會被吸引。

我只好一步步倒退，最後只好避世隱居。

現在？不錯啊！證明我原本的假設，但也沒多值得高興。他們喜愛的是秀雅端麗的「玄雲公子」，既不是「下堂妻梅沐芳」，更不可能會是「言情小說家蕪蘼」。所以我看他們顛倒痴迷，只是淡淡的笑。就算拉著我的手訴衷腸，我也不會生氣，只是苦笑著說，「某某兄喝多了。」示意灑塵趕緊來救我。

坦白說，連灑塵都比較喜歡「玄雲公子」，你說，怎麼能責怪這些人呢？

但和人類相處，真的很有趣，我真喜歡他們。或許是因為他們喜愛的只是一個虛幻的表象和身分，所以我妖魔般的體質沒有發作，大家都還好好的，多好。

等我們打入文人圈和富商圈，大約花了半年時間。等我們不那麼像外地人了，才謹慎的置了一家書肆，照我原先的構想，附設茶樓，並且可以聽書。

至於管理……我扔給號稱除了生孩子他事皆「略懂」的灑塵公子。

就算穿著窄袖短衫，他的才華也得到認同和尊敬了。聽說他詩詞極佳，但我能看看唐詩和楚辭就已經很有文化水準了，我實在看不懂他們大明朝文人寫的詩詞，只知道字面豪壯，也看不出好壞來。

但他就因此被尊稱為「灑塵公子」，即使是奴僕之身。還有人說我們是林家雙璧，走在路上，被大膽的姑娘、媳婦調戲是常事，連男子都常故做斯文上前搭訕，非常好笑。

每次被「灑塵公子」的身分所困，比方說大姑娘朝他扔荷包，或是為了書肆忙得翻天，或者是被文人求文求墨，煩不勝煩，灑塵都會無奈又充滿笑意的看我一眼。我都裝沒看到，背後偷笑。

他在書肆裡忙，我很自在的當我的廢物公子。要不就是在書肆後面的小房間塗塗寫寫，要不就是到附設的茶樓聽聽說書，指點一下段子要怎麼改。

其實古人比資訊爆炸的現代人聰明多了，現代人被資訊撐死，反而不動腦筋了。古人資訊缺乏，逼得必須動自己的腦子，真真聞一知十。我一時興起的〈子曰〉（阿亮的），他們掌握住精神，拿《論語》或《孟子》有趣的部分編了許多段子，我也被逗笑了。

開講《史記》，嘿嘿，沒聽說過吧？真給這些說書人一個方向，講解一下群眾心理和小說技巧，這些還沒被八股文荼毒到大腦當機的說書人真是一日千里。

若是煩了，我會出門逛逛。反正就在書肆附近，也丟不了。頂多被調戲一下，老太太心胸很開闊的，想看我臉紅困窘，那是無可能啊無可能，反而會被我尖牙利嘴的反調戲，因此淚奔的姑娘和公子倒不少。

我玩得很樂，我想，灑塵應該也是開懷的。他日益沉穩，威嚴日深，舉手投足都充滿自信。我想他越來越像之前的葛監軍了。

咋到我手上的男人都是身心遍體鱗傷的呢？等我撫慰了他們的身心，讓他們能夠站起來，也差不多是他們想離開的時候了。

這也是第一次，我到杭州後想起盧大公子肖儒。剛相處的時候他多頽廢啊，竟日鬥雞走狗，對自己不滿意，對整個世界不滿意。他老爹看到他就罵，念到十九歲，逃課逃到《論語》都沒念完。

那時我以為，古人不離婚的，只好和稀泥吧。我哄著騙著，一面玩親親，一面用故事和白話文講解《論語》……跟他三年，他四書終於念完，開始學寫八股文了。

誰知道機率那麼低還是讓我攤上了，我離開的時候，他正意氣風發的要去考秀才……

即使容貌改，前世今生的命運，實在沒有太大的不同。

若是灑塵這好孩子要離開我，我雖感傷，但也非常高興。扶起一個有為青年的成就感，遠遠大過那些爛泥扶不上牆的窩囊廢。最少我可以驕傲一下，我還強吻過一個出將入相的有為青年，他還曾經非常喜歡過我。

是呀，灑塵非常喜歡我……或者說，他非常喜歡「玄雲公子」。

每天我睡醒穿好衣服，拖著長髮等他來梳頭的時候，他會眼神一亮，然後垂下眼簾。等我梳好頭，他總是要選很久，多半是根玉簪，看當天穿啥顏色搭配。

然後會痴痴的望著銅鏡小一會兒，我也由著他去看。

但我也沒有什麼竊喜啊，害羞啊，諸此之類的情緒。他喜歡的是瀟灑詼諧、風神秀異、未語先笑的「玄雲公子」。大概剛好是他的菜。有段時間呢，我還以為他喜歡的是男人，後來才發現不是。

那天從書肆歸來，已是仲夏的午後。書肆和附設茶樓的營運已經穩定了，不用天天去也行。但人嘛，總是要有點事情做，天天遊手好閒幹嘛呢？我們還是會去書肆看看，除非臨時起意想去哪，不然都會去走走。

但這麼大熱的天，古人衣服多，纏胸又厚，我一身汗，只想沖涼。但瀰塵說，冷熱交激易生病，勸我忍耐一下，他燒水給我洗澡。

「我想念熱水器。」我呻吟一聲，「打開水龍頭，就有熱水。」

「國情不同，」他淡淡的回，拉住我的馬讓我下來，「公子，忍耐些。」

我擦擦額頭的汗，悶悶的往自己的院子走去。赤日流金，想想院子還那麼遠，真有點走不動。尤其還要繞過那個邪惡的葡萄架，更要多走一大圈。古人幹嘛沒事幹，把庭園蓋這麼大做啥？

我正要繞過，瀰塵卻站定不走了。我回頭看他，他的眼神又變得很深邃，垂下眼簾，卻走到葡萄架下站定，抬眼看我。

蟬鳴發瘋似的高喊，我的心情也同樣糾結得要發狂。

我退後一步，他半垂眼簾，掩住一絲受傷和失望，或許還有些羞愧吧？我知道他經過這裡的時候，都會腳步一窒，才會快步走過。

以前有人說，我是個鴉片般的女子，一旦沾上永生難忘。我不覺得是種稱讚，而是一種深沉的悲哀……害人害己。

我還是走到他面前，因為我不想看到他自感羞愧，那很心疼。

別這樣。都是我害的，是我的錯。反正都擔了那麼多了，也不差你這一點了。

他微微彎腰，把眼睛閉上，我才仰首將唇貼上去，他就顫抖了一下，迫不亟待的張開嘴，在我親吻他的時候，發出微弱的嗯聲。

看到這麼嚴肅端凝的男人，在我面前露出脆弱無助的神情，我的心疼得有點發顫。我很小心溫柔的吻了他一遍，還舔吻了他的臉頰和額頭，手緊緊的握在背後，我不敢抱他。

他忍著這種僵硬的姿勢，順從的彎腰配合，眼睛緊緊閉著，呼吸急促，時而輕喘，也沒有抱我。直到我在他脖子上輕輕咬了一口當結束，他才全身緊繃，從牙關溢出一聲嗚，把臉貼在我的髮上。

我們靠著好一會兒，靜待呼吸勻稱。蟬鳴依舊瘋狂，葡萄架斑駁陰涼，陽光點點滴滴遍灑。

我倒退一步，沒有說話，轉身。他跟在我背後。進了院子，我進房，他去燒水，等水半熱的時候來敲門。

我默默的去洗澡，躺在浴盆裡發呆。

守在門外的他，用竹笛吟奏〈滄海一聲笑〉。我靜靜的聽了很久很久。

＊　＊　＊

我是個內心極度消極悲觀，外顯卻非常積極樂觀的人。

一點陰暗不幸就可以讓我打入心情的深淵，何況終生遭逢遇人不淑……應該說遇窩囊廢不淑的悲哀窘境。

但我之所以一輩子只在少年自殺過一次，之後一直非常努力的活下去，就是因為我外顯的積極樂觀。

越悲傷痛苦，我越寫得爆笑連連，非讓讀者看得打滾哭笑，連連捶牆奄奄一息不可。越是消極沮喪，我越是拚命寫、努力寫，覺也不睡了，飯也不吃了，瘋了也似的把所有準備拿去折磨自己的力氣都花在寫作上。

這次的事情讓我非常難過和痛苦，卻不是因為我吻了灑塵，而是灑塵的態度。他這樣卑屈的把自己放在一個親隨的位置，用一種微賤的姿態愛慕「玄雲公子」，想要一點溫存還得這樣……

我痛苦得想打滾。

但他那樣死倔，是講不聽的。我想只能靜待時間的治癒了，畢竟兩世為人，我也沒遇到這種案例。

他大約是我前世今生遇到唯一可以佩服的男人，只是被傷害得有點嚴重。我想修好他，不是把他弄壞。只是目前我還不知道該怎麼辦……

那就寫吧！

我決定不在這鬼問題上面糾結，發狂似的拚命寫小說，每天晚上要睡覺時都捧著紅腫的手咬牙。灑塵還是三、五天去書肆看看，其他的時候就陪我在書房，幫我磨墨，看著書，有時候吹吹竹笛。

但我在寫作時和外界是隔絕的，和我說話我只會嗯嗯嗯，其實也沒聽進去。我寫足一個禮拜才覺得夠了，額頭磕在桌子上，好一會兒起不來。

「公子要安歇嗎？」他放下書，語氣很溫和平靜。

「……灑塵，還有荷花沒有？」我頭沒抬，悶著聲音說。

「有。西子湖附近的荷塘尚未謝盡。」

「明天看荷花。」我虛弱的仰頭，「咱們順便去遊西子湖。」

我對他笑了笑，「我要睡了，明天你起床的時候記得叫我。」我蹣跚的揉著眼睛回房睡去。

人生不滿百，哪能懷上那許多愁。灑塵還沒三十呢，是個健康年輕的男人。對異性有憧憬是應該的嘛，身邊又只有我，剛好「玄雲公子」是他的菜。

他受那麼多罪了，對他好一點也沒什麼不對。將來回憶起來，也還不錯不是？我本來就有心放他走，他若心傷痊癒、走了，我該高興是不？還有回憶可以留著。我可難得遇到正常人類啊！

第二天起床我覺得心情好，精神更好。一路跟灑塵說說笑笑，像是啥事都沒發生。仲夏後，荷花花期過了大半，開得疏疏落落。但這樣好，人生不要太滿，留有餘地，才能欣賞不多的荷花，每株獨特的美。

去遊湖的時候，我手底提著一袋雞頭（有點兒像剝殼小菱角……我不會形容），搭著小篷船坐在船頭，灑塵坐在我後面。我唱歌，他吹笛，在我瘋狂寫作時，他眉宇間的失落和抑鬱散了，原本肅然的面容顯得溫潤柔和，我想他也度過了非常開心的一天吧？

夏陽灑落柳樹梢，西子湖金光跳動層層然。我引吭高歌，灑塵吹著悠揚的竹笛，連船伕都用船梢打著拍子，經過的篷船認識的、不認識的都歡笑鼓掌，這是個多麼美麗的朝代啊……

要歸家時，我熱透了，灑塵帶我去喝涼茶。我去後面找茅廁，原來在茶棚家的院子外，我穿過他們家的院子，解了內急，又笑著拖灑塵的袖子過來。

他不明所以，等我拖到一個簡陋的葡萄架下，他的臉都紅了。我仰臉，他就很習慣的低下頭，我溫柔的吻了他兩下，淺嘗輒止。他唇間還有茶的清芬。

我不想讓他一直猜疑被厭棄。其實我真的很喜歡他。

我停下來，伸伸舌頭，「怕讓人瞧見了……就這樣吧。」

良久，他的氣息才平息下來，輕輕的嗯了一聲。

但我還是沒有抱他，他也沒有抱我。我知道他把自己擺得太低，所以不會主動。我呢，是對自己太沒信心。

之後我們一切如故，只是我寫作的時候比較多。而他幫我磨墨的時候，不再露出抑鬱和淡淡的哀傷。

我現在也沒刻意繞開葡萄架了。如果他垂下眼簾，走到葡萄架下，我就會去吻他。但我們倆都犯了倔，所以從來沒有抱過對方。只有回，我們正吻得忘情，灑塵突然把頭一抬，扯著我的袖子往屋角躲。

原來是來修葡萄藤的僕役，他們嗓門很大，正在說笑。我正在想該怎麼繞路才不會跟他們碰到，灑塵突然低下頭，用嘴堵住我的唇，我退了幾步撞到了牆，被壓在牆上巧取豪奪了一番。

他上半個身子都壓住我，手臂很緊張的握在身後。我被他吻到氣喘不過來，舌頭和唇都有點疼，腦袋像是正在沸騰的粥，不斷的冒泡泡。我失去最後一絲清醒，腿軟的跪坐下來，他跟著跪下來，依舊把我壓在牆上，呼吸急促的吻我耳下的脖子。

僕役的笑語喧譁，葡萄藤剪斷時酸澀的氣味，過暖的夏陽，幾乎在焚燒的灑塵……

他微喘的輕喚一聲，「公子……」突然低頭用力咬住我的前襟。

我放鬆了握在背後幾乎要掐破自己皮的手，靠著牆，無聲的喘著。輕輕的把臉貼在他的髮上。

等我們都平靜下來，我抓著他的袖子爬起來，他幫我拍掉身上的草莖落葉和灰塵，我幫他整了整衣。

有一會兒，我們不敢看對方。但因為我們都是那麼會假裝的人，洗過澡、吃過飯以後已經恢復正常，我們還談笑了一會兒，又聊了書肆還有什麼要改進的。

直到我盥洗後，瞥見摺在一旁整齊的袍領前襟，有個這麼久都沒有消失的齒痕，幾乎要咬破纖維，我的臉才慢慢的紅起來，失神的看了又看。

第八章

那段日子我專心寫作，鮮少出門了。

但寫得太多的毛病就是，我的竹箱擺不下了，只好散亂的亂堆在桌子上。灑塵問我能不能幫我整理竹箱，這句我倒是聽懂了，茫茫然的點了點頭，又低頭衝入生生死死的漩渦。

他邊整理邊問我了幾句，其實我沒聽懂，只是胡亂點頭，「好好好，你說什麼都好……」一面被腦海裡累積到快破腦而出的情節驅趕著，寫著我醜陋的毛筆字。

我還得意的說過，我的字除了自己和灑塵，沒人看得懂，別人撿去想抄都抄不來……可見我的毛筆字多「獨特」。

沒辦法，我也希望有電腦。但大明朝距離電腦大約還有五、六百年，就不要去奢望那種不可能的任務了。

那陣子灑塵也很忙，忙著抄抄寫寫，但我不知道他在忙啥。反正他有事忙，我更安心的投身於寫作大業，就沒去問了。

有天他問了我三次，還不滿的敲桌子，我才大夢初醒的瞪著他，「什麼？」

「筆名。妳的筆名。」他專注的看著我。

他怎麼會突然去關心到前世的筆名？「蕪蘼。」

「定驚氣，辟邪惡，去三蟲？」他微訝問。

「你看過本經嘛！」葛灑塵，不意外。別說《藥經》，看過天書我都不會意外了。

「蕪蘼君妳覺得好嗎？」他又問。

我胡亂點頭，「都好、都好，你決定就可以了。」我低頭繼續寫我的小說。

直到三個多月後，我寫作的癮頭散了，又恢復懶洋洋的玄雲公子生涯。我現在也習慣了那個邪惡的葡萄架，比較不會再去鑽什麼牛角尖。除了那次的激情演出，之後灑塵又恢復成溫順的模樣，接吻變成一種比較溫馨的活動，有些時候還可以把他逗笑。

不過你知道犯了死倔就很難解，現在我們還是保持著接吻不擁抱的狀態，我覺得滿好的，也看不出來灑塵有什麼不滿。

但我想，他還是有那麼一丁點的不滿，最少對我這樣狂愛寫作，用很特別的方式告訴我，他不怎麼滿意。

那天，我跟灑塵去書肆。才到門口，他就讓掌櫃拖走了，我沒跟去，瞠目看著我們書肆，裡三層、外三層的人潮。拉了人來問，才知道今天是個才子作家的傳奇話本要出第二部了，大家都是來準備搶購的。

這沒什麼問題。像別家書肆也學咱們附設茶樓和說書……沒什麼！有錢大家賺嘛。別人家盜印我們家買的書稿……那有啥！大明朝沒有智慧財產權嘛，咱買稿算獎勵作家，頂多請對方也給作家點生活費。

我們家出了這麼暢銷的紅牌作家，聽說賺得缽滿盆滿……卻很有什麼很有啥！

因為那個作家名字叫做「蕪蘼君」啊!!

我那純白話文的稿子！我那寫滿香豔刺激在這兒只能當豔情小說的大作！畫滿這時代不該有的標點符號！

終於，我終於知道灑塵抄抄寫寫些啥了，為什麼要問我筆名……更糟糕的是，他都看完了我寫的滾滾樂啊啊啊~

我排開人潮擠了進去，沒人敢攔我（廢話！我是老闆！），臉孔慘白的奪了兩本花了大錢雕版印刷的傳奇話本……序就差點讓我昏倒。是灑塵寫的「論句讀表」。

他洋洋灑灑的解釋為什麼有標點符號（句讀），說什麼聲有形而言有貌，文章亦若是。文章本素顏，需要句讀添顏色巴拉巴拉巴拉……

還說這句讀表是從遙遠異國福爾摩沙傳來，禮失則求諸野什麼的。

我欲哭無淚的看著「句讀表」，抖著手不敢看後面了。等我鼓起勇氣看下去，才發現灑塵幫我潤過稿，提上詩詞當過場，分章回，那些滾得太厲害的都用春秋筆法掩過去了，和時代不符的也修正了……

我又驚又怒又愧，臉色鐵青的抓著兩本書衝到後面帳房，一把揪住灑塵的袖子，一面假笑的跟掌櫃說，「對不住，我有點兒急事跟灑塵兄說……」

「您請您請！」掌櫃要出去，我卻拖著灑塵到我書肆專用的小房間。一把門關好，我低吼一聲，把那兩本書砸到地上，撲過去揪住他的胸口，「你陰我！」

他非常鎮靜，還帶著笑意，「公子，怎麼說呢？」

「你你你……我我我……」我氣著揪著他大吼，「你居然沒經過我的同意就出我的稿子！」

「我問過公子了。」他一臉平和，「妳說好的。」

「……你還亂改！」我語塞，媽的啦，我寫到瘋了，哪裡聽到他問啥？

「這我也問過公子了，妳說我主意就好。」他笑得非常可惡，「難道公子不記得說過的話？」

我揪緊他的胸口，用力踮腳尖（沒事長那麼高幹嘛？），衝著他吼，「葛、棄、業！你……」

他的眼神一變。這個名字像是打開一個開關，放出之前那個眼神嚴厲驕傲的葛棄業。他突然抱住我，用力的吻了我。我整個呆掉了，不知道該怎麼反應。他像是被激怒了一樣，越吻越粗暴，長驅直入，抱著我的手像是鐵錮，掙扎不動。

等我腿一軟，他才把我摟進懷裡，粗重的呼吸在我耳邊響著，不斷吸氣。我的手還揪著他前襟，大腦全面當機。

僵住了好一會兒，我才找到自己的聲音，非常的啞，「那個，灑塵，是不是該幫你找房媳婦兒了？」

他猛然把我推開，害我踉蹌了幾步。雙手緊緊貼在身側握緊拳，竭力吸氣，像是想讓自己平靜下來。然後轉身，連句話都沒說，走了出去，摔上門。

我們認識以來，頭回看他發這麼大的脾氣。

頹然的倒在椅子上，我捧住自己的頭。現在疼得可厲害了。我是完全按大明朝的風俗習慣來說的。灑塵快三十了，還沒娶媳婦兒是不對的。我是個有病又有心結的人，沾上我絕對沒好事兒。

但他是個健康年輕的男人，總是有需要的。

他生了我很多天的氣，板著臉。該做的沒一件落下，該問的話沒少問半句，但面無表情。反正都生氣了，我硬著頭皮再問一次，他回得很硬，「下僕棄業，不想害人害己。公子好意，心領了。」他特別在好意兩個字上咬牙切齒。

……下你阿媽啦！

啪的一聲，我把手底的筆給折了，我剛寫的稿毀了，濺了半桌子墨。

他板著臉幫我擦手收拾桌子，繼續磨墨。

後來文友邀我去青樓，通常我是不去的。我把帖子給灑塵，說我頭痛不去，請他去代我應酬。

他硬邦邦的回我，「下僕棄業微賤，不敢涉青樓。」

……我投降了。

「對不起、對不起！」我大喊起來，「以後我不敢了！我只是想你是個年輕人總有需要……」

他漲紅了臉，卻只垂下眼簾，「下僕不敢當……」

「夠了夠了，」我快憋瘋了，「我不再管你這種事，求你不要再下僕了！拜託拜託拜託～」

他面容稍霽，「……是，公子。」

但他越來越憂鬱，經過葡萄架也是快步走過。他發呆的時候也越來越多，有回倒茶倒了滿桌子，差點燙到自己。

若是他做給我看的，我說不定暗暗冷笑。但他是躲著我的！在我面前就一如往常……但我們相處了兩年多，他眉頭一動，我就知道他想做啥了……

我是號稱百人斬的老妖婆，我很清楚這種強烈如熔漿的欲望威力。我少年時也頗受其苦，才會那樣放蕩，經過多少砥礪挫折，我才學會徹底悶死那種衝動……我不知道？

但我有病，我有心結，我有毒啊！我很喜歡灑塵，差不多算是愛他了……但我……我煩悶到發瘋，滿床打滾，搥枕搥被，快把自己搞發狂了。悶無可悶，我用額頭重重的磕床。才磕一下，就聽到隔壁傳來嘆息，「公子，仔細傷了額頭。」

我沒再磕，他也沒再說話。

起床坐了一會兒，我的臨界點終於崩潰了。罷了罷了，他想要的就給他吧。拿了想走就趕緊走，這樣吊著大家都難受，何苦又何必。

我大力把亂得打結的長髮忿忿梳了一遍，拉開門閂，走出房門，光腳走到他的房門。果然，他根本就沒上門閂，推門就能進去了。

我走到他床前，坐在床側，看著他。

他半躺半坐的靠在枕上，床沿小桌擺著油燈，手裡拿著一本書。現在他垂著眼簾，看起來也不像是在看書。

扶著他的臉，我看進他眼睛。這樣拗又這樣傲，跟皇帝都要對著幹的人，居然也會有絲慌亂。

我吻了他的眼簾。仔仔細細的，吻遍了他的臉，等我吻到他的耳朵，用舌尖舔舐他敏感的耳內時，他抬手用力抱住了我的背，發出輕呼。

我小心的吻他的唇，雖然已經吻過多回。但我想呵護他，愛憐他。希望他不要再鬧倔性了，他是個很好很好的人……若是我還二、三十，我一定會勇敢回應……但我老了，真的。我的心臟傷痕累累，滿是疤痕，連根針那麼大的空隙都沒有。

讓你等這麼久，真是對不起。

像是二、三十，那個柔情似水的女子又重新回來，那個還會祈求一生一世一雙人，把愛情當作生命的一切，至高的信仰，那個滿懷柔意、願意承歡的女子又回到我心底。

兩世為人，唯一一個提起，我會覺得驕傲而不是屈辱的人啊……

我用我最大的柔情吻遍他全身，即使極力克制，我聽到他發出幾乎無聲的呻吟。他翻身壓住了我，急切甚至慌亂的解開前襟，甚至還沒徹底顛倒衣裳，就猶豫又生澀的進入我。

我微訝，反而抱緊他，輕輕喊他的名字。他的身體很美，在我掌下充滿生命力。我得到他的最初，我想我對他將會是個非常特別的存在。

我們相擁睡去，他很小聲的在我耳邊道歉。

「傻孩子。」我半睡半醒的吻著他的耳輪，「第一次這樣就很好了……」

可能是累，也可能是放下心底石頭，我睡得非常沉。等我睡醒的時候，枕畔無人。月將西落，天卻還是很黑。

但院子裡有聲音。

我拖了件外袍隨便披在身上，披頭散髮的走出去看。灑塵正在練武。一直都爬不起來，所以還是第一回看到。他的動作非常矯健迅速，拳拳虎虎生風，優美又好看。他應該練了很久，身上的短衫已經溼了，貼在身上，在他行動時顯露出線條美麗的肌肉。

像是一頭氣勢逼人的白老虎。

倚著門柱，拉著前襟，我欣賞著他。很想很想，記住他的一舉一動。

他收了拳，朝我看過來，眼神沉穩安詳，一直壓著他的無形重擔終於消散了。我笑著撲進他的懷裡。

「我一身是汗呢……」他擁緊我。

「我喜歡。」我回得又低又啞。

他把我打橫抱起來，在我耳邊說，「好。這次我不會說對不起了。」

的確，山神般的白虎君臨了我。一點都不敢相信這只是他的第二次。讓我……沉淪的非常深，非常深。

我累得連根指頭都不想動，趴在他的胸膛上，他一下下的撫著我的頭髮，像是不會厭倦一樣。

「公子……」他又輕又啞的說，「妳沒嚇到我，也不可能這樣就把我趕跑。」

原本半閉的眼睛緩緩睜圓。額頭微微冒汗。

「我馬騎得比妳快……我也很擅長追蹤。」他揉著我的耳輪，「不要亂挖床了，想要隔板，我幫妳做就是了。妳在那兒藏了二十五兩銀子，太少。妳在床帳上放的銀票加起來不到五百兩，能幹嘛？」

我的汗冒得更凶，「……我不能有私房錢啊？」

「錢都是妳的，妳想怎麼藏就怎麼藏……」他撫著我的背，「路引和戶籍換個地方藏吧，我知道妳藏在筆盒的夾層裡。」

……都是諸葛亮不好！幹嘛有個典範讓他學神機妙算?!

掙扎了一會兒，我說，「你不了解……」

「是妳不了解。」他沉默了一會兒，「我當年已有舉子功名，進士於我，無甚困難。但我立意投筆從戎，改考武舉……拿到武狀元時，若不是身有武藝，早被我父笞打而死，即使自幼練武，我還是養了兩個月才能起身。就算這樣，我也未曾改志。

監軍時，明知撤退會遭逢極重懲處，但勢不可挽，斷糧十日，這支軍隊是大明朝最後的精英和希望……我立刻下令撤退，一力承擔。君前我就不認錯，黑牢半年、永世為奴，我也未曾改志。

我早立意要為公子效死，把自己給了妳。妳何以認為我獨對此事必定改志？我意既決，萬死不改。妳若不喜歡我，我可以暗中保護……」

「怎麼可能不喜歡？」我嗚咽出聲，抱住他，心裡的歉疚卻很深很深。我終究還是害了這個好孩子。

「公子，不要怕。」他揩著我的淚，「我不是妳的男人，是妳的下僕。所以過去不會重演，妳不要害怕……」

我哭溼了他的前胸，像是要把我兩世的眼淚都哭完。

之後我大約三天去一次他房裡（年輕人初嘗風月不要太誇張，當心老來一身病），他對我極盡溫柔。白天時他依舊恭謹、溫和，照料我這廢物似的玄雲公子。

但我知道，我病了。

一開始是昏昏欲睡，然後睡眠的時間越來越長，飲食減少，開始覺得生無可戀，只想睡去。

原本我以為是中暑，灑塵也這麼覺得。但我發現我只想躺著，什麼都不願想、不願做……才悚然以驚。這是初期憂鬱症的徵兆。我前世心靈傷痕累累，對心理疾病非常熟……我和躁鬱症相伴終生無離。

我壓著不敢去想，就是因為心病鬱結已深。累積了三、四十年的心病，折磨個沒完沒了的循環，無盡的孤獨……那個又傲又倔的老太太，不斷用陰暗的往事煩擾我。

灑塵對我越好，我越忍不住去想，我沒了這好皮相，換做以前那個老太太……

我就是那個老太太。「玄雲公子」不過是張皮。明明知道不用計較這個，但我過不去自己那關……我真的有病。

儘管我勉強自己起身，裝得若無其事，這個我很擅長。就算我低潮到用腦袋撞牆，走出來還是笑語晏然。不會有任何人發現，我正在大發作。

但灑塵還是發現了，替我把了脈。「公子，妳憂慮過甚，已傷心腑。」

厲害，連憂鬱症都把得出來。誰再說中醫不如西醫，我就跟他急。「不是你的關係，是我……」我沮喪的不敢看他，「我就欠一碗孟婆湯。你開一劑這個給我好了……」

「不要。就算有，妳也別喝。」他很快的拒絕，「喝了就不是現在的妳了。不是……我願意把自己給出去的人。」

我睜圓了眼睛看他，他很輕很輕的在我額頭吻了吻，抱緊我，「公子，不要怕。不會的。」

閉著眼睛，我抱著他，他如瀑流墨似的長髮垂在我臉上、身上，像是他的溫柔包裹著我。

那是他第一次在我房裡過夜。半夜我醒來，滿室月光，我趴在他胸膛。他微偏著臉看著月，唇角噙著溫柔滿足的笑，一手輕撫著我的長髮。

這時候的他，看起來多麼年輕純淨，充滿幸福。

回眼看到我，他眼神溫柔似水，像是當年的我。

「……這樣好嗎？你的豪情壯志……」我喃喃而嘶啞的說。

他笑了，呼出胸中一口長氣，輕輕唱著，「清風笑，再無寂寥，豪情還賸了一襟晚照。」

扶著我的臉，他很小聲的說，「公子，妳字晚照吧。我早累了。妳就是我……僅剩的一襟晚照。」

我對著他的臉哭，兩世累積的心傷，似乎有痊癒的可能。

最少我的初期憂鬱症，沒等孟婆湯就好了。

＊　　＊　　＊

通往葡萄架的小路被砌上一道牆，開了個小門。那小門的鑰匙，只有灑塵有。平常都開著，但偶爾會關起來並且上鎖，所有的人都得繞道而行。

原因呢，只是灑塵在葡萄架下擺了涼榻。沒事就會哄我去乘涼。

當然，你知道那是個邪惡的葡萄架，乘涼也不是那麼清純的乘涼。

為了這事兒，我發了一通脾氣。「為什麼你老要用那傢伙來氣我？都那麼多年了，你還記得這樣清楚！你說啊你……」

他抱著我，卻不肯講話。

悶葫蘆、悶葫蘆！不講話鬼才知道你是什麼意思……我正在跟他角力，靈光一閃，啊哈！

「灑塵……」我在他耳邊低語，「你吃醋了是吧？說說，什麼時候開始吃的……」

他的臉騰的一下全紅了，一把把我壓在涼榻上，很賭氣的用力吻我，又去啃咬我的脖子。

「不是那樣……」換我翻到他身上，笑得很邪惡，「姊姊教你。」

那天不知道為什麼，越乘涼越熱，我汗如雨下的滴在他身上。事後腰痛極了，他幫我按摩，但越按摩腰越痠……

總之，那是個非常邪惡的葡萄架，有段時間我都不願意去乘涼了。

不過我在涼榻昏昏欲睡的時候，灑塵摩挲著我，卻欲言又止。

「我知道你要問什麼。」我閉上眼睛，「沒有其他了啦！我只有用在他身上一點點……我敷衍他，但我從來沒有敷衍過你。」

我昏睡過去，迷迷糊糊中，他還輕輕的舔吻我的唇。

第九章

我們變得更親暱，依在他懷裡看書，靠在他身上聽他吹竹笛，變得很自然而然。有段時間我覺得我返老還童了，又變回那個柔情似水的青年女子。

我服侍他洗澡，他嚇了一大跳，又興奮又迷茫，大概沒想到我還會跪下來服侍吧？結果我也順便洗澡了，後腦勺還撞到兩下。直到幫我穿好衣服，他的臉還是紅的。

「不是天天啊，心情好才有。」他幫我擦頭髮的時候我說。

他沒馬上回答，好一會兒才說，「天天，我也受不了……」

我噴笑了。「年輕人就是年輕人……」結果我的心情馬上低落，「我真不該這樣捉弄你、教壞你了，果然接近我會開始不正常……」

他梳著我的頭髮，沉默了會兒，「妳怎麼知道……我就是正常的？」

我回頭看他。

咬了咬牙，他小聲的告訴我，他會到這麼老（大明朝的標準）才有第一次，是因為他對木偶似的女人有欲望，卻看到就沒感覺了。他對美少年喜愛，但連碰手都受不了。

大明朝男風極盛，不算丟臉的事情。但他一直很困惑，也想過自己是不是很有問題。

「喜愛男風……」他蹙起眉，「卻無法顛倒衣裳。女子可以顛倒衣裳，卻無法神授魂與……」

為此，他很抑鬱過，後來也是他很忙，練武習文，百般雜學，也就把這份心丟開了。

之後又在關外多年，奔波風塵，更無暇去想。等他都過了二十五，他父親才替他聘了修華（我表妹），他也打算把這煩惱壓下，閉著眼睛去成親了。但又遇變，淪落為奴，一再蹉跎至今。

我想，他大概愛的是外表像俊秀男子，事實上是女人的人，簡單說就是男人婆。這有啥？每個人守備範圍不同，有的人極廣，只要有洞都可以；有的極窄，從頭髮長度指定到腳趾形狀，每個人都各有偏執。

「這哪有什麼？」我看了他一眼，「這是挑食沒錯，但誰規定不能挑食？你就是喜歡外表是公子，裡頭是小姐的人嘛……」我頓了下，靈光一閃，「難道……」

我往他靠了靠，「……我第一次扮男裝的時候，你就被我電到了？」

他沒說話，只是梳著我的頭髮。算了，他那麼害羞，不逗他了。只是對著銅鏡裡的他，嘻嘻笑。

良久，他垂下眼簾，「我不知道什麼是『電』。不過我的確感到如遭雷擊。妳穿那樣，握著一把長髮問要不要剪……整個臉顯得特別小，比我見過的任何人都……神采奪人。」

「以貌取人啊以貌取人。」我搖頭。

「不是。」他很肯定的說，「是妳跟我坦白妳並非梅沐芳……雖然我早已懷疑。妳像是把所有的東西，連梅沐芳都一起摔開了，整個輕快起來，就只是妳……就只是，公子。」

我低下頭，不敢看他了。

「妳引吭高歌的時候，調子那麼怪，卻那麼理直氣壯，像是全天下都該聽妳唱一樣。妳什麼都不在乎，什麼都能扔掉，但妳……」他又沉默了很久，「我知道妳的緣故。我不會讓妳嚇到我的。」

「我也不知道，若是沒有變故，我對梅少夫人能不能也如此……畢竟遇到變故了。我對公子……並非只有恩與義。」

……要個大明朝的男人告白，真是太為難他了。還得剖析他的心病……其實根本沒什麼病，可憐的孩子。

「我知道了，你不用說了。」

他在我身後，沒有說話。我有點後悔，不該去逗他。他要說出這些話，不知道有多為難。誰願意自曝其短？尤其是自己愛慕的人面前。

他突然湊在我耳邊，用很低很啞的聲音說，「妳看我的時候，有時眼睛會發亮，那時候我心頭就發熱……」

「別說啦！」我掩住耳朵。

他把我的手拉開，還是用很低啞的聲音說，「那時我在葡萄架下等著……我從來沒有那麼緊張過……就算是見皇上也沒那麼緊張。」

「緊張你還為難我！」我想把手搶回來，可惜力氣太懸殊。

「我機關算盡，知道妳一定會來。」他貼得更近，更細聲，「但我還是很緊張。」

他用這種聲音跟我講話，我只覺得像是在我身上點火。但剛剛才洗好澡……我只好強作鎮定，「小孩子就是小孩子……」

他整個貼在我耳朵，用氣音說，「公子，妳不知道真正的年齡不能用歲月算嗎？」

於是澡真的白洗了。

當中他小小聲的喊，「玄雲……晚照……」但他喊得最多的是公子。

他再這麼喊下去，我覺得我早晚會死在這年輕人手底。就不知道是心臟病還是中風了。

＊　＊　＊

自從我們在一起以後，我這廢物公子變得更廢物無能了。

以前我身邊的瑣事就都是灑塵打理的，現在我連自己穿衣洗臉的權利都沒了，每天醒來都是他幫我洗臉刷牙，挑揀配色穿衣服，連鞋都是他穿的。

我覺得我又不是癱瘓了，幹嘛這樣，但他堅持我穿衣打扮都是給他看的，所以理當如此。我猜可以的話，他還想餵我吃飯。但我吃飯很沒耐性，動作太快，他沒機會。

想想我當年在戀情中發狂時，也是什麼都願意為對方做。死都願意為他死，何況穿衣服侍。當中別有樂趣，妙不可言，我很能體諒，所以就由著他把我當芭比娃娃玩，只是甜言蜜語不要錢的倒，引經據典，極盡我當小說家的能事，他都淺笑著聽。

但我很認真的說，「灑塵，我愛你愛到要發狂了。」他馬上虎目含淚，好一會兒才能平靜下來。

原來他需要的就是這麼直白的回報。

女人可以黏著男人要證明，可男人不行……最少大明朝的男人不行。他又不怎麼講話，都悶在心底，只能表現在行動中，所以我一表白，他就安心了。

這是他第一次把心掏出來給人，也是第一回遇到符合理想的夢中人，他的最初。這個氣質嚴肅又嚴厲的男人，才一點一滴的把他的脆弱顯露給我看。要如此親密信任，他才願意傾吐。

我這才知道，當一個男子漢，也是相當不容易的。

他的母親和父親感情極惡，可以說，他母親恨透了他父親，連他的孩子都恨在一起，見都不願意見，整天躲在佛堂念經。對小小的灑塵來說，母親是個虛無的影子，一年見不到幾次。

而他們葛家，既是世族，又是書香門第，代代科舉出身，非常自傲。

這樣家庭的孩子五歲就啟蒙，一輩子都在念書。他老爹非常嚴厲，細故就可動家法，又非常注重禮防。灑塵和同是庶子女的妹妹感情最親厚，但七歲以後，他們兄妹相見還得隔簾。

可以說，他完全是生活在一個男人的世界裡頭，女子的形象非常稀薄——為了端正品德，他們家的男孩子居然都沒有丫頭婆子。他等於是讓眾多先生教養著長大。他父親的幕僚中頗有能人異士，他的雜學幾乎都是跟他們學來的。

「在我們家，學文很簡單。」他很小聲的對我說，我喜歡趴在他胸膛上，他也很喜歡這樣，因為他愛隨手撫著我長髮，「學武是我別有機緣……有個蜀中俠客到京裡收徒，剛好我也在旁邊。結果他新收的小徒還沒學會，我已經可以依樣畫葫蘆。他覺得很妙，興起教了我三天，留了一本粗淺的入門給我，囑咐我每天如何練習。」

他笑了笑，有股隱隱的驕傲，「他想官家公子吃不起苦，卻是小瞧了我。不過是每日抽幾個時辰苦練罷了，有什麼。三年後他再來，大吃一驚。

這次他留下一整年，正式收我為徒了……」

我滿眼冒愛心小花，那一整個嚴重英雄崇拜，「灑塵，你是天才！什麼都會！我對你的崇敬宛如滔滔江水一發不可收拾，又像是錢塘浪潮鋪天蓋地、生生不息……」

他聽著我的阿諛奉承，笑個不停，「公子……那又不算什麼。只是記性好，看個幾次就記起來，日後慢慢琢磨。記得多，就觸類旁通，算什麼天才……」他沉默了一會兒，「反正，也沒其他的事情好做。」他不無苦澀的說。

眼眶一熱。我寫作二十二年無間斷，產量驚人，著作等身。有人誇我的時候，我心底也是這樣苦澀的回答：因為我沒有其他的事情好做。

「我懂。」我微咽的說，「我寫了二十二年……也是……」

他把我抱緊一點，很輕很輕的嗯了一聲。

及長應該慕少艾時，他又驚覺自己的「異常」。更把所有精力都拿去學習。庶子不好議婚，他父親不肯屈就，婚事一年年耽擱下來，那時他已經看出大明朝治軍的大問題，但重文輕武之勢已成，而軍事問題更成沉痾，士氣低迷，空餉嚴重，將帥人才嚴重缺乏，而文官濟濟。

他才毅然決然的投筆從戎。二十歲，他考上武狀元，以軍策殿前議對，大受皇帝的褒獎讚美，說他「文武全才，必為日後國之棟樑」，非常恩寵。

但回家等他的是他老爹的家法，差點被打死。罪名呢，是「忤逆」。後來是皇帝要見他，他父親不得不住手，說他患了重病。養了兩個月才能起身面聖。

後來他在邊關多年，力圖整頓，稍有眉目，而蒙古叩邊。原本該固守，皇帝卻命令他們進擊，聖旨不斷的傳來，指手畫腳。勉強進軍，卻糧草不繼，軍餉不發，幾乎激起譁變。

他當機立斷撤回關內，保留實力，卻被惱羞成怒的皇帝下了黑牢，褫奪官職，永世為奴。

他苦笑，「其實，我並沒有什麼野心，只是再不有所作為，就太晚了。皇上對我有知遇之恩，屢屢宣我奏對，君臣相得，我以為……」他沉默下來。

我用臉在他胸膛輕蹭，慢慢的說，「我懂。你只是希望得遇英主，忠心為君為國，一輩子成就英主的豐功偉業，報答知遇之恩。」我淚凝於睫，「天下事，都有相通的地方。」

一個是君臣相遇，一個是女子婚戀，看起來好像一點關係都沒有。但除去了肉體關係，從情感上來講，其實很接近。

能得一相知相惜之人，想要成就對方，終身扶持。兩者都非常艱難。

我哽咽的說，「你攤上我，完全大材小用。就像鋸雞脖子拿牛刀……」

他輕笑一聲，用大拇指拭去我的眼淚，有些粗礪，卻讓人覺得安心。「公子，妳還是不懂。我早就已經累了。皇上聖意難移，裁斷已定，我就不再徒勞傷神。」他很輕很輕的說，「晚照……公子，妳以國士待我……又……又事事維護，願意順我……說是我把自己給妳，不如說妳把自己賞給我……不只恩與義，又何止恩與義……」

我沒讓他說下去，只是吻著他，非常心疼的。

算了吧，什麼豐功偉業，神機妙算，浮世虛名。那些都算了吧！人活著，沒有那些也可以。既然他累了，那就在我這裡好好休息。如果他只剩一襟晚照，那他就會一直擁有我。

他像是聽到我無言的話，閉著眼睛，溫順的承受我的吻，眉眼舒展開來，看起來分外年輕脆弱。

* * *

戀愛真的可以使一個人變美。

自從我們在一起後，路人已經不是回頭看了，是回頭呆。一回頭看著我們倆就會呆半晌。

在外面，灑塵的態度一如往常，非常恭謹，只是有股親暱的氣氛，我猜只有我才感覺得出來。

而我這麼會裝的人，當然也不會給人看破手腳。所以我們看起來，就是「玄雲公子」和「灑塵公子」聯袂而行，灑塵還在我身後半步。

只是這個戀愛的後遺症有點麻煩，路上擠著看我們的人更多了。甚至還有姑娘女扮男裝來我們書肆偷看。

我悄悄的指給灑塵看，他眉眼不抬，「是姑娘家。」

「你不就愛這款？」我笑他。

他哼了一聲，別開臉不理我。半晌才說，「閨閣疾弱之氣……」撇了撇嘴。

我偷笑很久，看他眉頭都皺起來，故意誇張的嘆氣，「一則以喜，一則以憂啊！」

他睇了我一眼，「敢問公子何憂何喜？」

「喜的是，我敢說全杭州境內，沒有比我更瀟灑出眾的假公子。」我一展摺扇，十二萬分的洋洋得意，「憂的是，天下之大，佳人輩出……我甚憂甚憂啊……」

他看我故意把臉皺成一團，嘴角噙笑，「佳人再好，卻有至大難處。」

「哦？」我打了一揖，「灑塵兄，願聞其詳。」

他垂下眼簾，極細聲的說，「……還要條半百舊精魂，少一年都不成。還有……」他朝掌櫃點點頭，示意他就過去，這才更小聲的說，「還要有什麼斬的稱號……沒了也不可以。」

說完他立刻就往掌櫃那兒走去，留下我在那兒糾結和咬牙切齒。我真後悔，不該什麼都告訴他的。

現在我有投水的衝動了……

大約是我和灑塵之間已經沒什麼隔閡心結，我又是個開闊得沒邊，對許多事情的道德容忍度極寬的人，以前文友邀我去青樓，我都婉拒。現在還怕啥，青樓就青樓，又不是去了非幹嘛不可，連男院都敢去了，何況青樓。

好不容易來到大明朝，怎麼可以不好好的觀察一下特種營業呢？

那時候的特種行業分三六九等，文友相邀的青樓通常是屬於高級場所……雖然如此，我還是被踢了無數腳，偷捏了幾百把。好在老娘實在太平（這個病小姐的身材真令人悲傷），纏胸駕輕就熟，居然沒半個姑娘發現。

至於喉結嘛，我又不脫衣服，前襟收得嚴謹，看不到也是應該的。

（雖然事實上我也沒有）

只是這時代的姑娘調情讓我發笑，老在桌子底下勾人腳，一個不注意就被踢了。趁勸酒的時候偷擰我的手腕，人人都來一下，真會瘀血。我倒是挺樂的，笑話不要錢似的倒，只有瀟塵眼觀鼻、鼻觀心，偶爾有姑娘裝醉要倒在我身上，才起身替我擋駕。

他倒是很擅長擋住姑娘們的攻勢。神情淡淡的，不苟言笑，眼神凌厲，這些青樓姑娘頗有眼色，不去招他。但也有那種不信邪的……但他是武人，踢也踢不到，擰也擰不著，把那姑娘急得俏臉通紅，要靠到他身上，就迅雷不及掩耳的站起來替我斟酒，害那姑娘慘跌一跤。

我笑得要死，被他瞪了還是無法收聲。

後來那些文友喝多了，開始和身邊的姑娘動手動腳，我就起身告辭了。有姑娘不捨，拉著我嬌嗔，我笑了笑，「乘興而來，興盡而歸。留有餘地，才有未來留戀餘韻哪……」非常惡少的用摺扇抬了抬姑娘的下巴，朗聲笑著，一展摺扇，施施然的出去。

我感覺非常快活，大開眼界。也不要小瞧人家青樓姑娘，這不是容易幹的行當，言語要來得，琴曲要會得，甚至還得超標的詩詞歌賦，床上還要有十八般武藝，瞧瞧多不容易。而且她們言談風趣、性情活潑，說說笑笑，很有意思的。實在是太貴，不然來聊聊天也頗有益身心健康。

我酒喝不多，大半讓給灑塵了。我還以為他喝多不想講話，回頭一看，他面沉如水，似乎不太開心。

放慢了馬，我問，「怎了？」

他悶了一會兒才說，「公子……可是故意試我？」

「我試你幹嘛？」我大奇，想了想，我哈哈大笑，「灑塵啊灑塵，現在是你不了解了。這就是出來玩兒，長長見識的。瞧瞧別人的生活，和美女說說笑笑，喝喝酒，那有什麼？你也不要擔心我會想東想西，放不開。你跟我一起出來喝花酒，我哪會那麼小氣？別背著我跑來喝，還跟人睡覺就好……」

「胡說！」他吼出來，臉色發青，好一會兒才忍住，低下頭，「公子，妳一點都不醋？」

我瞪著看他一會兒，拉住了馬。月光下，我們倆就這麼在馬上大眼瞪小眼。

噗嗤一聲，「灑塵，你真的可愛。」我嘻嘻笑，「你跟了我這個禮義廉恥一概具無的老太太真可憐。」我正色對他說，「只有跟你一起出門，我才會在這種地方應酬。我對什麼事情都很好奇，也很能入境隨俗。但我有我的底線。」

直視著他的眼睛，很慢很慢的說，「我，是你的。除了你以外，在我眼中，這世界上沒有男人。」

他的臉慢慢的紅了，緊蹙著的濃眉才慢慢鬆開。

默默並轡而行，許久他才輕聲說，「公子，太像公子。」

敢情我還會被女人拐跑不成？「好吧，也沒有女人。」我嘆笑，「嘖嘖，哪兒洗醋缸，酸哩！」

他氣得別開頭，不跟我說話。

「別氣別氣，」我哄他，「我呢，惜閨弱是真，但也無法顛倒衣裳。唯一可以的嘛……」我對他挑了挑眉，做足了標準花心惡少表情。

……早知道我就不該這樣幹。

我體驗了一次他功夫有多高，差點嚇破膽。他從緩行的馬上撲過來，抓著我足尖一點，就滾在草叢裡，我還來不及尖叫就被堵住嘴了。

我要說，泥地還是很硬的，我的背很痛。他火大起來眼睛特別亮，下手特別狠，但我的褲子差點被撕成布條。

年輕人就是年輕人，衝動。尤其是打翻醋罈子的時候，特別衝動。

等他幫我整衣的時候，我已經滾得跟個泥豬沒兩樣，奇怪他還乾乾淨淨，就髮髻被我抓散了而已。

「……被人看到怎麼辦？」我又羞又怒。

「回公子，」他心平氣和的幫我繫好腰帶，「沒有人。」然後把我抱上馬共轡，門房驚問的時候，說我從馬上滾下來，受了點驚。臉色非常平和的把我抱進去。

我濁世佳公子的名聲都毀了。

＊　＊　＊

也不是說，灑塵常常暴走。他大部分的時候還是很安靜，很沉默的溫柔……我是說我們單獨相處的時候。

雖然前生是號稱百人斬的老妖婆，但我實在喜歡接吻遠勝於正戲。對我來說，正戲是附加的，接吻才是真正的重心。只要好好親過，沒有正戲我是一點都不在乎。

這種不正常的偏好讓我隱居以後染上菸癮。不能接吻以後，我又不想太常嘆氣，所以抽菸。

大概是我帶壞了他，他也很重視親吻，常常吻得頭昏腦脹，不能自已，比醉酒還暈。吻完我若是瞌睡了，他就會摟著我撫我的背，若還清醒，就趴在他胸口有一句沒一句的聊。

他偶爾會說說大漠風光，胡笳長什麼樣子，馬頭琴的音色……說來說去都跟音樂有點關係。

多半都是我在講，講我二十幾年來寫過的小說，這個主角和那個主角的關係，想寫和來不及寫的書，囉囉唆唆，沒完沒了，換個人一定想把我打暈好讓我閉嘴，畢竟嘮叨這些對不寫作的人宛如酷刑，寫作的人都有自己的故事，誰來聽你。

但他默默的聽，帶一種模糊又幸福的神情，在我以為他睡著的時候，說，「妳那張藥方怎不寫明，又繞過去，偷懶。」、「公子，三天到不了天山的……」非常一針見血的告訴我，他聽得很認真。

往往是我先睡去，覺得很安全，因為他會擁著我。

大概隔著三天或五天，他心不在焉的聽我說話，輕輕用指腹摩挲我的鎖骨，我就懂他的意思了，會順著他。他這麼自我克制的人，順他一點又不會怎麼樣。都接過無數次的吻了，但我捧著他的臉親吻時，他還是會發出很小聲、很小聲的嗯，讓我聽得心頭發顫。

真的會讓他激懷壯烈，非常像年輕人的時候，只有逢十的休沐日。

那天是我堅持他一定要休息的日子，也是我跟他交換身分的日子。那天他是「公子」，我就是「晚照」，他的小廝。我還真的去弄了套窄袖短衫來穿，他非常非常喜歡。

那天換我服侍他洗臉、穿衣穿鞋，包辦所有瑣事。他要我做什麼，我就做什麼，非常聽話。

到了休沐日，我們通常會去遠一點的地方玩，省得撞見熟人。他聽我喊公子的時候，都會短短的失神，非常動情。

後遺症是，老有那些不三不四的紈褲子弟要跟他買「小廝」，常讓他的眼神凍個半死。

這一天，他會特別主動和激烈，巴不得把我整個囫圇吞下去。我也非常柔順，完完全全回到二、三十初，依舊愛意澎湃洶湧，如水似的女子。

有回我趴在他耳邊小聲的說，「其實你當公子比較合適。不然我們逃去別處，換身分吧……我伺候你一輩子。」

「十天一次我就捨不得……哪能天天。」他正把我抱到腿上親暱，長髮散亂在我臉上，「晚照……我這生最好的事情就是……得了妳。」

我非常感動，在他耳邊連連輕喊了五、六聲公子，他激動得差點把我的腰給折斷了。

我想，他跟我在一起，一定覺得非常有趣。我老是異想天開，弄出新的花樣。我覺得男女之間如果只有肉體關係，日久生厭，那就可惜了。茫茫人海能夠相遇，是種奇蹟似的緣分。

所以一些小花樣啊、小驚喜啊，還是必要的。甜言蜜語啊，表達對對方的愛意，這也很需要。而不是只膩在一起滾床單，那多缺乏創意。

有時候他被我的創意搞得啼笑皆非，像是幫他綁雙馬尾。有時候他非常感動，像是每十天交換一次身分。

有時候很錯愕，因為我在房裡用摺扇抬起他的下巴獰笑，「兀那俊後生，莫掙扎了，從了本衙內吧……」他錯愕完就噴笑了，告訴我非常到位。

他現在開心很多，剛肅的神情如春雪初融，帶一點溫意。見到我眼神發亮，非常俊美，看得我口水直流。

我們每天都一起出門，當我瀟灑詼諧、風采奪人的玄雲公子，他依舊是文采斐然，義薄雲天的灑塵公子，巡視書肆、應酬往來，盡力融入在地人圈子。

日暮回家，沐罷食後，他鼓琴或吹笛，我在燈下練我進步極度遲緩的大字，時而和著他的琴聲或笛音高歌。

屋外雪深，落地無響。只有他的笛聲和我的歌聲纏綿而去，像是可以直抵那弦月之上。

第十章

有個雪後初晴的日子，柴公子投帖邀我們去男院，為他一個相知慶生。這算是很大的事。雖說男風極盛，但柴公子此舉等於正式承認了「相知」，就跟青樓為姑娘梳攏一樣慎重。我們這些文友算是去賀喜的。

我興沖沖的帶著灑塵去，經過青樓的洗禮，他也知道我就是這樣開闊的人，也笑著去了。

跟我想像的非常不同。我以為都是些脂粉氣很重的美少年，結果不是那回事。

脂粉氣很重的少年，算是檔次比較低，以色事人者。柴公子那麼傲的人，怎麼會傾心那種。當然是色藝兼備，徹底把我比下去了。

眼睛大吃冰淇淋，心底大嘆來得真值。連灑塵都看得目不轉睛，瞧我在看他，馬上把頭低下去。

我前世的時候，常有女性朋友因為男友看路上美女吵大架，我覺得倒難一概而論。

純欣賞又沒什麼，誰不愛俊男美女，追求美好事物是人的天性。若是目帶淫邪當然不成，只是看看，還可以互相討論女子何以為美之類的。

我知道灑塵偏愛美少年的外形，甚至懷疑過自己好男風，只是他性取向是異性戀，真不知道是幾重苦。既然知道他世間唯一能愛的大約就是我，何苦傷害他一點點小小的樂趣。

我湊近他，跟他點評哪個俊秀，哪個神采，他漸漸沒那麼局促，也能跟我討論討論，我做了結論，「雲淡、風清二君最妙，觀之忘俗啊！」

他望了望，「雖好，不如公子多矣。」

「去，」我笑著拿摺扇拍他，「哪兒學得這樣外交辭令。」

除了被風清君暗暗送了一條繫腰的汗巾，這次男院之旅非常有趣的落幕了。文友不斷起鬨，說風清君非常孤傲，居然對我青眼有加，我真哭笑不得。

騎馬回去的時候，怕他醋意大發，我又成了泥豬，趕緊跟他解釋。他默不作聲一會兒，「公子，我並沒有那樣的俊秀……」

「你神經喔？」我想也沒想就回答，「你是堂堂男子漢，為什麼要跟娘娘炮比？我就喜歡器宇軒昂的英雄豪傑，娘娘腔有什麼好？我可是很挑嘴的啊，真讓我愛得發狂的一定要出相入將，又會吹笛、又會鼓琴……」

我預備好跑馬姿勢，「還得在黑牢關上半年，為了兩眼就賣給我才行……」一說完，立刻策馬狂奔，省得再次出意外。

事實證明，他馬騎得比我好太多了，不但輕鬆趕上，我的馬還叛變，讓他拉住，他很俐落的把我抓過去，我慘叫，「別別別！這是外面……」

他抱著我笑到發抖，「公子，妳很記恨。」

我將頭一昂，「我少數的優點之一。」

我們共騎了一會兒，他只是用臉頰摩挲我的頭髮。好一會兒才說，「公子，我在鄉間購下一處別業，奴傭俱全。在杭州城北處六十里，處於山坳，非常隱密。」

「買那幹嘛？」我轉頭看他，錢我都交給他管，我懶得費心思，又不短我吃穿，管錢太煩。

「若是……若是……」他咬牙了一會兒，「若是公子有了，就說返鄉探親，改換女裝去那兒待產……產後再說妾室產死，這樣，公子就有子嗣了……」

他居然思慮到這裡來！「……孩子該喊你爹的。」

灑塵輕笑一聲，些許淒涼，些許無奈，「公子，我……我很自私，不想妳改換女裝。既不能將妳他聘，我的身分也不能娶妳。而且公子當女子，實在太可惜。叫不叫爹，毫不重要。重要的是……還能守著公子。」

我依在他懷裡，閉上眼睛。他什麼都替我想得好好的，但從來沒替自己想過。

他跟少年時的我一樣，愛定義無反顧。

人人負我，我絕對不能負他。

「我是因為無出，才自請和離的下堂妻，說不定就不能生了。」我自嘲的說，看他一臉哀傷，我笑了笑，「但你為我思慮如此之細，我很感動，真的。但你要知道，我愛你愛得發狂，沒了你，別說孩子，命我還都不要了。」

他很輕很輕的嘆了口氣，聲音有些顫抖。

我覺得他這樣憂鬱很傷心腑，開口唱陸小鳳的〈俠客〉，還逗他跟我一起合唱。等到門口時，我們剛好唱到「天下第一俠少」，我哈哈大笑，他也展顏。但把門房看呆了。他跟門房解釋，公子喝醉了，怕他摔馬才共乘，又神情平和的把我扛進去。

……我覺得他毀我佳公子的名聲真是樂此不疲。沒多久杭州城就傳說玄雲公子馬術很差，常常落馬，害我的文友總想要幫我牽馬轡。

這真是個令人悲傷的誤會。

我們到杭州三年了，和灑塵在一起也兩年多。這年過完年，他就三十了，正是而立之年。而「玄雲公子」也將十九，事實上要二十四歲了。

我想我真的適合當個男人，這些年都沒人看穿，愛慕者還頗眾，令我啼笑皆非。

而灑塵，年紀漸長，越發成熟端凝，舉手投足威嚴日重。而立是個大日子，我決心在過年前給他個禮物，結果布莊老闆和杭州城最好的裁縫被我折磨得快哭出來，我也時時暴跳如雷。

說起來不應該，事實上也是我的私心。我想要做件這個時代不該有的黑大衣，就像是基諾李維在《駭客任務》穿的那一件。

雖然我不擅長女紅，但前世的媽是個裁縫，沒吃過豬肉，也看過豬跑吧？比手畫腳還是可以的，只是苦了大明朝的裁縫師和布莊，花出去的銀子，都可以做十件最貴的袍子了。

但你想，我這樣一個假公子，吃飯只要三菜一湯，不是為了灑塵，連肉都可以不要了。衣服是灑塵打理的，買多了、買貴了我還不幹，不買首飾，不用胭脂，吃喝嫖賭，一樣都不會。

這樣一個節省到被灑塵說自苦的人，花點錢做他的衣服總可以吧？何況是我要看的。

布莊老闆找料子找到瘋狂，後來得了一種做披風用的氈布，我才勉強認可。我要染黑，他非常惶恐。因為黑色是地位低下的人才穿的，不然就是出家人。我只差沒在店裡打滾砸擺設了，才磨得他乖乖去染黑。

然後換裁縫哭了。我要求的鈕釦和鈕釦孔，別說做，聽都沒聽說過，抓腰身更讓她抱著料子掉眼淚。我連騙帶哄，用我半生不熟的裁縫技巧教導，什麼鬼年代，連鈕釦都沒有，我還特別去請木匠削做，反正十個也是做，百個也是做，我訂了一大盒。

最後裁縫哭著說她實在不懂什麼叫鈕釦孔，我只好自己開剪，縫給她看，一整個目瞪口呆。等整件做好，我累得要死，但裁縫眼睛發亮，說她會了，可以再幫我做一件。

終於趕在除夕徹底完工，我喜孜孜的捧著衣服回家，他已經等我很有一段時間，納悶我為什麼堅持要單獨出門。

我連飯都不給他吃，拖他去房間換衣服。這個時代的手工藝實在太太精美，不枉費我花那麼多銀子。那件黑大衣穿在他身上……英氣勃發，帥得沒話講，更把他漂亮的腰線都顯露出來，簡直比基諾李維還帥三千倍啊！我硬把他的髮髻解了，梳好。他的頭髮是那種足以拍洗髮精廣告那種長直髮，整天綰著也不會捲。

那身黑大衣，搭上那頭頭髮，和凜然嚴肅的神情，矯健優美的腰線……我用力咽了幾次口水都沒忍住，十二萬分之垂涎不已，忍不住撲上去，在他的腰上下其手，非常輕薄。

「……看起來像胡服。」他也沒抗拒，好脾氣的隨便我打扮，「好了，公子，妳不餓？都這麼晚了……」我抱著他後腰，戀戀不捨，把他逗笑了，「這樣怎麼走路？」

「帶我走～」我一整個發起花痴。

老天爺對我實在太有創意。咋我那麼隨便一指，就能那樣剽悍的指到如此之優、如此適合的男人，而且器宇軒昂到如此之剽悍。我這運氣……好到我想打滾！

整頓年夜飯，我都在痴笑，吃不下什麼，看他就飽了。他被我看得直笑，「至於這樣嗎？公子？不過更件衣服……」他瞥見還有個紙包，「那是什麼？」

「哦，」我心不在焉的回答，「跟你同款的大衣，我的。吃過飯穿給你看好了。」

草草吃完飯，我穿給他看，正在收碗筷的他，看到我走出來，砸了整疊碗盤。眼睛發直的看著我。

我喊了他兩聲，都沒把他叫醒。我也笑了，「至於嗎？不過是更件衣服……」看到把他電得如此之慘，我心底大樂。

這銀子花得太值得啊太值得！

過年的時候，我實在忍不住穿了這個完全不符合時代的黑大衣出去顯擺（沒辦法，誰讓瀟塵帥到我藏不住），這套「胡服」在杭州城轟動了起來，那個被我折磨到哭的裁縫賺得眉開眼笑，布莊老闆還送了筆厚禮。

雖然後來很多人都穿「胡服」，但我肯定，沒有一個人穿起來比瀟塵好看，讓我得意洋洋非常久。

這個流行有了個小小的尾巴，一個富商朋友把我請去詢問鈕釦和鈕釦孔的應用。我知道他想賺錢，也很坦白跟他說這技術含量太低，賺不了什麼錢，沒多久每個人都會了。

但人家為什麼會成為富商呢？就是腦筋好！他打算走高級路線，所以想知道更多的應用和形式。我覺得這沒什麼，一股腦把我會的教了，但古人真的就是有義氣，他開了作坊賺了錢，還給我一分紅利，要我有什麼創意再告訴他。

這件事情讓灑塵取笑，他說咱們書肆的老闆要哭了，一直問蕪蘼君的新稿幾時出，我卻懶散的不太動筆，跨行去忙別人家的鈕釦作坊。

我根本沒打算來這世界剽竊鈕釦這創意好不好？那是順便，我只是想看灑塵穿那件帥氣的黑大衣，哪知道會有這個副產品。

後來想想我也噴笑了。別人穿越都立大志、做大事，創繼往開來的不世功業，發明的都是煉鋼火藥，最不濟也吹個玻璃。

結果我穿過來，寫古裝言情小說和打鈕釦。一整個沒出息到極點。

但我喜歡這種沒出息。

我想是因為，灑塵總是在我身邊，噙著微微的笑意。明明在一起兩年多了，相識也有三、四年。這兩年多來無所不至，我以為熱情早該熄滅了。事實上卻不然。

他只要看著我，我心頭就發熱，像是快要融化的奶油。我沒告訴他，但他低語的對我說，我瞧他的時候，他心頭都會顫一下。

我相信我前世那麼長久的孤寂和折騰，就是為了這世可以遇到他。甚至連盧大公子和可怕的殷小姐都顯得很可愛，沒有他們的助力，我也不會和灑塵相識相知。

作為那件大衣的謝禮，灑塵用心寫了一篇〈大司命〉給我。看著他神采飛揚、力透紙背的字，目眩神迷……這是俠客的字，是我終生愛人的字。他甚至親譜了曲子，拿竹笛吟奏給我聽，真有幾分古典流行樂的味道。

後來我學會唱了，常常他吟奏的時候，我就跟著高歌。

「廣開兮天門，紛吾乘兮玄雲。
令飄風兮先驅，使凍雨兮灑塵。
君迴翔兮以下，踰空桑兮從女。
紛總總兮九州，何壽夭兮在予！……」

我們的愛情生活，極具聲色之美，非常有音樂水準。

每次我這樣得意洋洋的說，他總是會笑出來，不去糾正和戳破我的夜郎自大，只是寵溺的撫著我臉，「公子，妳說什麼都對。」

我笑得更得意了。

* * *

但老天爺對我，實在太有創意，有創意到不讓我笑太久。

在我和灑塵在一起滿三年的時候，夏末秋初，這個神奇的字眼「三年」，終於發作了賊老天的惡作劇。

那天的情景我記得清清楚楚。夏末猶熱，我們懶懶的在葡萄架下乘涼，我幫他繫上我剛做好的荷包。其實我的手藝跟這時代的任何人都沒得比，粗糙得很，但戀愛中的人嘛，哪想得到他拿出去會招人笑，他也滿眼柔情的看我繫荷包，一下下的輕輕啄吻我的額頭。

我得感謝這病小姐的皮膚非常之好，這樣熱的天也不會冒油汗，讓灑塵親起來我也不會羞愧。若是之前那個滿面油光的老太太……嘖嘖，我不敢想。

正相依相偎時，小門響起一片急促的敲門聲。

灑塵皺著眉去開，跟僕役說了幾句話，突然臉色大變，點了點頭，重新關上小門上鎖，衝過來把我抱起，疾步跑回房裡，聲音輕顫，「公子，妳在這兒千萬別走，誰來敲門都不要應。」然後把鑰匙塞在我手底。

「灑塵！」我的心緊縮，一把攢住他。

「日落再出去，好嗎？」他臉色蒼白若紙，「不要害怕，公子。我讓人去說妳不在家了……妳千萬千萬，要聽我的。日落再出去……我一定會回來的，好嗎？」

好一會兒，我才能鬆開手，讓他走出去。

但他沒有回來。我焦急的等到日落才開小門，去問門房，聽到晴天霹靂的消息。

有大官來宣聖旨，灑塵跟著他們走了。

……為什麼？為什麼會這樣？我們已經離京城這麼遠，這麼久，為什麼過去的陰影還是不放過我們？

怎麼走回房裡的，我不知道。僕役在外喊，問我要不要吃飯，我沒應。我也沒喝水，不知道要上燈。坐在黑暗中也沒感覺……因為我早就已經深陷黑暗。

為什麼？為什麼是這樣的結果？他沒有跟我說再見……就不再見面了。

我想我連大腦都停頓了。

直到燭火把我驚醒，我才滿臉淚痕的抬頭，看到灑塵，我尖叫著衝進他懷裡，害怕他會消失。

他一遍遍的吻著我的頭髮，「公子，不要怕，不要害怕……」但他的聲音在發抖。

他說了兩遍，我才聽懂他的意思，只是淚水更洶湧，覺得我的心整個裂開來了。他是趁夜偷偷回來，等等就得走了。

起因是個灑塵的遠房表哥，外放到杭州，路過時看到了與我同行的他。大為驚疑，因為永世為奴的葛棄業，已經和盧家的下堂妻一起燒死了。那個親戚寫信給葛家老爺，灑塵的爹也害怕了，派人到杭州暗訪，老家人確定是葛棄業。

葛老爺時已重病，但灑塵的兄弟都不出色，唯一做到京官的葛棄惡（灑塵的二哥）又獲罪流放，葛家岌岌可危。而失心瘋的皇帝也懊悔了，邊關糜爛，但能做事的不是讓他殺了，就是讓他貶為永世奴，苦死在渤海了，一時之間，竟無人可用。言語間常嘆息，「朕屈棄業也。」還將他爹招來詢問，葛棄業是否真的死了。

他爹非常乾脆的把自己的兒子賣了，美其名為忠君愛國。

皇帝下了道聖旨，免去葛棄業的奴籍，召他回京探父病，並且面君說明何以出現在杭州。

「我聽到有聖旨來，」灑塵低聲說，「我想邊關糜爛到那種地步，一定是被看破行蹤，皇上懊悔了。但無法解釋妳的身分……所以才要妳躲起來。我打算告訴他，我逃出火場昏迷，玄雲公子路過救了我，收我為家奴，帶到杭州去。玄雲公子一無所知……但妳的身分經不起細查，」

他把我抱緊一點，「妳到那鄉間別業去躲一躲。若是危急，妳去蜀中找我師父。」

「我不去！」抓著他衣服，我淚流滿面，「我不要跟你分開！」

「公子，我一定會回來。」他焦急的說，「我在別業找不到妳，就會去蜀中找妳。聽話……」

「你騙我。灑塵，你騙我！」我哭得更厲害，「你打算魂飛千里來完成這個誓言嗎？不行！」

他的唇抖了一會兒，「……我很想帶妳逃走，但不能。葛家上下百來口的性命……我不能抗旨。我也很想帶妳同行……但我自己的命都……我不能帶妳去涉險。我一定會回來……」

「那就好好的回來啊！」我揪著他前襟吼，「好好的，一根頭髮都不能少的回來！不管是十年、二十年……」

他不肯看我。

「葛棄業！」我對著他吼得更大聲，「別以為皇帝了不起，他解除你的奴籍我可沒有！我還是你的公子，你給我聽好，保住你自己的命，聽到沒有?!你敢輕生，我馬上死給你看，而且死幾百次都不會原諒你，永遠永遠都不會跟你相認！聽到沒有！」

他落淚了，把額頭抵在我額頭上，和我的淚融在一起。

我心疼極了，但我絕對不能忍受他死在我前面，不成。「……你要我聽你的，就要先聽我的。」

良久，他才點了點頭，吻了我。

那是一個，很長但也很短的吻。我們努力付出最大的熱情想表達，但遠遠不足夠。我很明白，他這一去，若是平安，就會被皇帝扣下來作牛作馬，再也不會回來。若是不平安，他的個性也不可能逃跑，一定引頸就戮，當然也回不來。

而我的身分太複雜，不可能嫁給朝臣，他也不願意把我擺在險惡的京城。

他細聲的保證，「我一定會回來，一定。公子，妳不要害怕……要等我。別害怕……」

非離去不可時，他扶在門框回頭看我，許久許久。我無法送行。我怕我會失去理智硬要他帶我走。我很願意跟他同死，但不願意被當作他的弱點拿來要脅他。我最希望的還是他能活下去。

他終是走了。我握緊手裡他塞給我的師門銅牌，努力吸氣，不讓自己號啕大哭，讓他走得更蹣跚不捨。我終於知道「吞聲」是什麼意思了。

一宿沒睡，我自己打了水洗臉，用冰冷的井水敷在眼睛上，試圖讓自己看起來正常些。

賊老天對我真是太有創意了，不得不心服。

我以為我會死掉，痛到死掉。但我的傲和倔爬起來，強硬壓住劇烈的痛。我得把自己安排好，給灑塵一個希望。古人動不動就死，實在是太差勁的習慣，我要讓他知道，我活著，他要記得諾言，一定要回來。

等我平靜些，終於用了半百的若無其事，假裝得很完美，上馬去了書肆交代。我跟掌櫃坦承，我就是蕪蘼君，想要外出取材，好好寫個鉅作，所以有段時間不會回來，請他好好看著書肆。

「灑塵公子也去？」掌櫃被這消息打矇了。

「當然。」我笑了一下，「不然誰為我趕馬？」

我相信不出半天，杭州城都會知道這個消息。說我痴心妄想也好，說我不肯面對現實也罷。我就是不要放棄杭州城的人脈和鋪子，我和灑塵總是會回來。

我絕對要相信這件事情，灑塵也不准他不相信。

當天我回飛白居安排一下，就獨自駕著馬車走了，只帶了銀票和一點碎銀，不太多的行李。

其實我知道，就算我一個人，也是可以的。雖然心靈傷痕累累，但我最基本的素質有種強悍堅韌的東西，讓我足以咬牙面對那麼多折騰，沉默的熬過一切。

我會哭、會打滾，那是因為身邊有人會介意。我那麼無能廢物，是因為我可以倚賴。這是我獨特的撒嬌方式。

前世我對這種撒嬌，覺得羞赧，背對人群，不願發作。今生是因為灑塵。他是我可以放心撒嬌的人，所以我讓他寵得非常無能、非常廢物……但不代表我就不能堅強起來。

路途很遠、很艱苦。常要經過鬧山賊土匪的地方。但我僥倖的沒被打劫，也能冷靜的應付山賊。灑塵的師門銅牌給了我很大的幫助，我幾乎沒吃太多苦頭。

真正的苦楚，是和灑塵生別。我都跨過那檻，沒心痛而死了，其他我都能應付。

只有某日，在廉價客棧讓月光驚醒，我想起灑塵微側著臉看著月，帶著幸福滿足的微笑，那張我怎麼看也看不厭的臉……

黯然銷魂者，惟別而已矣。

那是我在旅途中唯一一次的痛哭失聲，幾乎摧心而死。

第十一章

但我入了蜀中以後，痛苦已經結疤，進入一種沉鬱的時期。

等待，最是摧心漫長，我很有經驗。現在就倒下，實在太早。而他，是我兩世為人，最有信心的一個。

只要還活著，十年、二十年，三十年、五十年，我們就有機會重逢。這輩子沒辦法，下輩子也熬得到。他和別人不同，完全不同。

我就是不要讓賊老天笑到最後，覺得他玩到我了。

等我到了蜀中的劍關時，在狹小的街道，找到一家打鐵鋪。依舊包著綸巾的老闆，看著我發呆，又看看銅牌。

「……這是葛師哥的銅牌。」他搔了搔頭。

「我是葛棄業的刎頸之交。」我憂鬱的笑了笑，「突逢大難，他要我來請見萬蒼流先生。」

他看看銅牌，又看看我，親自陪我去附近的道觀暫居，說他師父雲蹤不定，若歸來必定請我去見。

我謝了他，在蜀中安頓下來。

可能是旅途太勞頓，一鬆懈下來，我就病了。除了吃飯、洗澡、上茅房，其他時候都在睡覺。睡到時間感消失，我發現我不知道我睡了三天還是四天，就硬撐著爬起來了。

心病已成，危矣危矣！

這就是我又脆弱又堅強的心靈。我會發憂鬱症，不斷找身體麻煩，但我本性那麼傲、那麼倔，怎麼可能坐視自己被打敗？我就是有一股不服輸，前世如此，今生也如此。

咬牙挽了挽頭髮，我自己去提水來盥洗，試圖讓自己非常忙碌，等我裝扮好，坐在銅鏡前發呆。

旅途中，我學會了綰髻。原來，我早在自己發現之前，就愛上了灑塵，所以我學不會。在最初的時候，他替我梳頭綰髻，是我們最親密的時刻。不然我哪容男子隨便碰我的頭髮。

我沉鬱的對著鏡子笑了一下，站起來，走出房門。跟打鐵的陸兄弟打聲招呼，我開始在附近遊覽。

蜀道難，難如上青天。許多地方不能走騾馬，只能用挑夫挑擔。風景秀奇險峻，我每天都走很多路，跟行人聊天。瀰塵說，我若沒有他，離京三里都有困難。這話對也不對。

他在的話，我就會整個依賴上去，他不在的時候，我破爛的語言天賦也會痊癒的。我很快就學會講四川話，雖說有些詞不達意，但有種東西叫做肢體語言，這是全世界通用的。

劍閣附近處處有諸葛遺風，我覺得很親切。扶壁沿山，穿過深沉蓊鬱的山道，眼前豁然開朗，山嵐靜好，吹乾我的汗……和我的淚。

很像瀰塵的吻。

我靜靜的站在某處峭壁上，俯瞰著極翠楓紅的群巒。山嵐眷蜷不去，常在左右。

我想到〈大司命〉。《楚辭》裡頭的〈大司命〉。《史記・天官書》：文昌六星，四曰司命。也就是說文昌有六個星君，第四星君曰司命。大是形容尊，天也尊重的人物。主壽夭命運，俯瞰眾生的大司命。

祂可看到我？

我對著山谷，唱起灑塵親譜的〈大司命〉，用我最虔誠的心。唱到「愁人兮奈何，願若今兮無虧。固人命兮有當，孰離合兮可為？」我已經淚流滿面。

大司命，請憐憫我們。請給我勇氣。我們新生的名字都由你的讚章所出……請憐憫我們。

初冬突然響起遠雷，隱隱轟然。我望著遠方，驚呆了。

我相信，那是「紛吾乘兮玄雲、使涷雨兮灑塵」的大司命君，悲憫的回答。

我能沉下心等待了。

那天回到道觀，我寫著遊記，把這段冬雷也寫進去。灑塵和我，都是很愛遊歷的人。但我們沒機會走到蜀中來。

其實這幾年我們也動過念，但總有這樣那樣的事情絆著，總想著以後總有時間，書肆還需要看管，莊園也得巡視。杭州城又有那麼多朋友故舊要應酬。

回頭一看，根本沒有什麼事情是不能放下的。但既然我來了，就當他的眼睛，替他看吧。

我寫到深夜。遊記寫完換寫小說。我一路上已經構思好了，就拿我和灑塵當文本，但寫的是傳奇武俠，有點兒像崑崙奴那樣。只是我古文底子不太好，寫來寫去還是白話文。

當在熱戀中時，我很少寫什麼。因為戀情已經占滿我的心胸，再無所缺，既然完滿，就沒有用筆彌補的需要。

只有艱困、痛苦，被折磨得幾乎發狂……像是現在，我才會文思泉湧，瘋了也似的被腦海裡不斷湧上來的情節和畫面追趕著寫。

這是一種祈禱，坦白說。跟獻歌給大司命一樣的祈禱。我相信若我能把這個故事寫活、結局圓滿，就能逼命運讓步。我前世寫了二十二年，不就逼命運在這生讓步，把灑塵賞給我嗎？

我寫到眼睛再也睜不開，才帶著滿心的回憶和編造的情節躺在床上，極度的疲憊讓我睡去，但在夢中，我卻沒辦法有片刻安寧，依舊在無數文字中，生生死死。

維持著白天到處遊覽，晚上狂寫的枯燥又規律的生活，一個多月後，陸兄弟攔住正在買乾糧準備上山的我，說他師父已歸來，想見我。

點了點頭，對他笑了笑。他臉一紅，呆住了。我才想到即使裝扮依舊是男子，我的笑容似乎殺傷範圍越來越大……趕緊垂下眼簾，收了笑。

他有些局促的引我去見他師父。萬蒼流先生住在劍閣附近的一個高腳樓，竹子搭建的竹屋。

現在我知道為什麼大家都喊他「先生」，因為他既是俠客，亦是良醫。號稱俠醫無雙。我也終於明白，灑塵的醫術哪兒學來的了。

萬先生盯了我一會兒，沒說話。「姑娘何以易釵為弁，顛倒禮俗？」

我笑了，「萬先生果然犀利。您是第一眼就瞧出我是女子的人。但我以為江湖豪俠不拘小節。」

整理了一下思緒，我簡單的娓娓道來。其實說穿了也沒幾句話，就是很剽悍的一指，然後有了這麼剽悍的相遇和別離。

不過我也花了兩個鐘頭才說完，鬚髮俱白的萬先生凝視著我。「玄雲公子與我那小徒已私定鴛盟？」

我灑然一笑，沒有否認。「吾意既定，萬死不改。」

萬先生輕輕嘆息，「我那小徒雖是紳宦子弟，個性太剛，不是富貴中人。蜀中消息閉塞，待老夫得知，事過境遷……」

京城到蜀中要走好幾個月，又不是人人都能享受驛站功能的。消息傳來恐怕都一、兩年過去了，實在不能怪任何人，尤其不能怪這位老先生。

「玄雲公子安心在蜀中安頓。」萬先生淡淡的說，「銅牌掛於腰中，各路豪傑都賣老夫一點薄面。」他注視著我，「可否請脈？」

我鄭重的謝過他，將手遞出。他邊診眉間越蹙，診過雙手，他輕嘆，「玄雲公子憂思太過，心腑大傷，五內牽連，已然俱損。夜必驚夢，日如乘舟，不思飲食。若旁人病到這地步，早臥病不起。公子竟堅忍若此，言語行動，一如常人……」

我就說中醫厲害，旁人還不信。連憂鬱症都診得這麼準啊，沒得說了。「玄雲早安於此疾，不礙的。」我淡淡的說。

他開了藥方給我，囑咐我臨睡前喝下。我猜是安神的藥，欣然拜領，又對他庇護之恩磕了三個頭。

萬先生頻頻嘆息，我也知道，他並不看好。但我相信大司命君，我相信瀰塵。

我相信我祈禱得夠久、夠多、夠堅持，總有一天會逆轉。

我不就那樣沉默的祈禱了二十二年麼？再來一個二十二年，算什麼？

得了萬老先生的庇護，我驅車趕馬，開始我的蜀中深度之旅，一面旅行一面寫作。之所以沒有長居在劍閣，我發現妖魔似的體質似乎隨著動盪的生活，開始發作了。

所以我不在一地留太久，也不和人深交。省得害人害己。

但還是有姑娘拉著我淚流不已，想嫁給我。天知道我才跟她見過一次面，還是因為她的馬車陷在泥中，我幫著救上來……不過就花了條舊毯子。哪知道這樣她就追個不停，硬要嫁我。

「姑娘厚愛若此，原不該辭。」我硬著頭皮說，「可惜小生已有結契之侶，不慕女子，只好謝過。」

這才讓她淚奔放過我。

可遇到男子我又不能這樣說，萬一他覺得更有機會怎麼辦？我只好說，「玄雲心中已有佳人，惟願一生一世一雙人，世途顛沛，不得不別。世兄憐弟一片苦意，莫使弟成為負心負義人。」

蜀中之人，頗有古風。每每我這樣推托，都可以全身而退。只是我也難過，盡量不與人多談，寫作的時候比較多。

這樣遊歷了半年，萬老先生遣人來找我，說他有信要寄往灑塵處，問我有無信件投遞。

能寫什麼？該寫什麼？我躊躇難決。古代既沒有電視，也沒有電話，消息非常閉塞。我不知道灑塵現在如何，更不知道對我有無追緝，甚至，連信會不會先被拆都不曉得。灑塵盡全力保全我，萬老先生也加以庇護。我不能再替他們添麻煩了。

於是我拿出遊記和謄好的稿件，在遊記上書上名字：《蜀道非難》，又在內頁添了一行字，「蜀道之難，難在人心而非天險。踐之不輟，蜀道何難？」

又把稿件的書名寫上：《司命雙侍傳之一》，請「灑塵公子點評」，包在一起。

這就是，我寫了半年的情書，我這半年來的祈禱。

距我們離別一年後，我終於得到他的音訊，看得我又哭又笑。他的回訊，是一整個竹箱滿滿的信，還有他點評修改重謄後的《司命雙侍傳》。

那部稿子，我又謄過，託去江南做生意的客商帶去杭州的書肆。結果半年後，居然在四川造成轟動，我有點啼笑皆非。

我就靠他每年兩、三次的信撐過這段可怕的日子。

大部分的時候，我都能維持正常生活，但偶爾，偶爾我會像是毒癮發作，抱著自己不斷發抖，從內心到肉體不斷哀號的渴求灑塵。寂寞是種恐怖的怪物，逼人發瘋，有時候真的想出去隨便拖個男人，歡愛終夜，做什麼都行，只要讓我忘掉這種可怕的痛就好了。

但我辦不到。我只能流淚的看著灑塵語氣淡然的信，隱喻含蓄的提到過去的種種。還有他被皇帝安排到兵部去了，以文官舉子身分破格晉升。

每次那種毒癮發作，我都整夜反覆看著我都能背的信，才能勉強熬過去。

所以我想，若是灑塵和其他女人發生肉體關係，甚至娶妻了，我都不會怪他。因為這種折磨太痛苦、太發狂了。

我是自願的、自找的。但我捨不得他也經歷相同的痛楚。

幸好這種時候不多，不然我大概真的瘋了。

第十二章

別離兩年多間，我寫了四部《司命雙侍傳》，最後大結局，歷經磨難的司命雙侍，放棄了永生和一切，攜手共渡凡人的一生。真是很無聊平淡又沒創意的結局。

書肆掌櫃托人送銀票來，還送了讀者來函，許多人對這結局不滿意。但讀者怎麼會知道，我所希冀的從來不是波瀾壯闊、悲烈淒美的人生？

我要的只是，灑塵回到我身邊，喊我公子。

我要的只是這個而已。

寫完這部以後，我發作了「狂亂爆發後症候群」。寫得太狠太久，心力交瘁，又覺得再無目標，生無可戀。很乾脆的倒下來，在成都附近的小客棧大病一場。

人的韌性就是很奇怪，以前灑塵在我身邊，健康的時候都四肢不勤，洗臉刷牙都是他幫我的。現在病得蒼白憔悴，四肢無力，還是能爬起來打理自己身邊的一切，完全不用假手他人。

只是我懶得動，也沒回劍閣，病了大半年，也一直就住下來。書肆掌櫃派來的人，找得要死要活才找到我，給了我銀票和讀者的信。

我什麼事情都不想做，成天躺著。只剩打理自己的能力，和看看讀者的信。又漠然的躺回去。我知道，我會好的。這樣劇烈的大發作，終究會好的。我從來沒有因此而病死過，前世沒有，今生也不會。

這天，我鬱鬱的坐在窗前，胡亂的披了件袍子，也沒穿好。反正裡頭還有件單衣。正在隨手翻著一本詩詞選，但一個字也沒看進去。

我看著日漸漸西沉，風裡帶著一絲涼意。夏末秋初，我熬過了一個三年，沒被相思殺死。但這一天，我什麼也沒辦法做。三年前的這一天，灑塵離開了我。

像是一把玻璃渣嵌在早已傷痕累累的心臟，鮮血淋漓、血肉模糊。又像是一把鈍刀插在胸口，反覆往鋸，很想哀求住手，卻只能緊緊咬住嘴唇。

我一遍遍的告訴自己，我會好的，終究會好的。挺住，千萬要挺住。

就在最後一絲金光消失時，星子躍出黑絲絨，像是夜的淚光。我顫抖的在桌上摸索，卻沒有摸到我的菸。

香菸還在北美洲呢，這裡怎麼會有？於是我只能顫抖的發出一聲長長的嘆息。直到黑影籠罩我。

背著光，我只隱約看到是個男人，臉上留著鬍子。他疾步過來的時候，我沒認出來，伸手架住他，「兄台何人？非請自入是賊也……」

「晚照。」他喚我。

轟的一聲，我整個僵住。這是夢吧？我枯坐終日，竟是睡著了。「灑塵？」我輕喚，「不，不對，這一定是夢。我撲過去你就不見了……」

他抱住我，一面吻一面說，「別說話，晚照，不要說話……別說話……我也怕是夢……」

只半褪衣裳，他就激動的在我身上馳騁，不斷的喊我晚照。我只知道抱緊他的脖子，心頭迷迷糊糊。我不敢相信，一點真實感也沒有。

我不相信賊老天放過了我，在這神奇的三年把他放還給我。

等他癱在我身上，我才仔細的看他。灑塵……應該說葛大人，看起來又熟悉又陌生。他蓄起鬍子，看起來完全是個朝臣高官，威嚴極厲。我有點不敢抱他。

風塵僕僕，看起來他是一路趕來的。很可能是我依舊渾渾噩噩，如在夢中，所以我翻身下床，自己整理好衣衫，把衣角塞進腰帶裡，赤著腳，用帶子捆住袖子，走出去提水，準備給他盥洗。

我抬眼，他卻陰沉的躺在床上看我。「能幹了？」他冷冷的說，「沒我什麼都會了。」

我突然生氣起來，非常非常生氣。我把提著的水桶往地上一摜，水花四濺。「你……！」卻又語塞說不出話，站在滿地水漬哭了起來，「你擺出那種大官的樣子……」

他呼吸粗重了一會兒，下床抱住我，我掙扎，他也沒放。「這幾年，妳不知道……我怎麼過的。妳怎麼知道，每晚我要喊妳幾回？……」他眼淚落下，抱著哭得氣喘不過來的我，「我想到，妳沒我，怎辦……但妳看我的眼光，那麼陌生……妳連水都能自己提……我這三年的心，算什麼……」

「你當我容易？我就容易？」我捶了他好幾下，放聲大哭，「我不讓人碰，不自己來怎麼辦？你還欺負我！」

「公子……我的小公子……」他把臉埋在我的掌心，也眼淚點點滴滴的從指縫落下，「我寧可再賣給妳一次、百次、上千次……只祈求今生不再別離……」

我這時候，才有實感。或許那聲「公子」，我才覺得，灑塵真的回到我身邊了。

後來他跟我說，見到我坐在窗下，「面似孤寂之月，色如春殘之花」，傾頹哀豔，竟比以前更奪人心魂，有些不敢相認。甚至，沒有第一眼就認出他，讓他感到非常害怕。

三年苦苦相思，莫非只是一場空？

後來我居然自己跑去提水，把他撇下，他沒來由的憤怒起來，才激出我們這場大哭。

「你、你已經是朝臣……」我哽咽的說。

「什麼朝臣？」他賭氣別開臉，「公子，妳自己說的。皇……皇上沒有什麼了不起，就算他脫了我奴籍妳也沒有，妳依舊是我的公子。妳說的話，每個字我都記得……但我只是蓄起鬍子，妳就、就把我給淡了……」

我把他的臉扶過來，很輕很抱著歉意的吻他。就算有鬍子，他還是發出輕輕的嗯，讓我打從心底熱起來。

沒多久，我們去見了萬老先生，盤桓數日，他把鬍子刮乾淨，又同駕馬車離開蜀中。

灑塵的父親病死了，依例丁憂三年，順理成章的辭官。他一出七七就單騎離京，直奔蜀中。我想到三年後又得再面臨一次離別戮心之痛，不禁鬱鬱寡歡。同在御座上，靠著他的手臂，不言不語。

「這次不會。」他輕聲說，「皇上……沉迷金丹，指甲異綠，舌疔唇焦，活不到三年了。」

我緩緩張大眼睛，驚愕的看他。「你……沒有告訴他？」

他淡淡的說，「皇上聖裁獨運，力求仙道，應已把生死置之度外，何須多言。」

……是我帶壞了這個忠君愛國到簡直愚忠的國之棟樑嗎？

趁我失神，他伸單臂將我摟住，完全無視路上行人驚駭的眼神。外表上看來，大白天兩個男人摟摟抱抱，就算是男風極盛的大明朝，也頗驚世駭俗。

管他的。我乾脆趴在他的腿上，閉上眼睛。他撫著我的背，輕輕唱著，「廣開兮天門，紛吾乘兮玄雲。令飄風兮先驅，使涷雨兮灑塵……」

聲音裡有著極度的歡意和感恩。

我們邊玩邊走，遇到風景秀麗或我很想寫作的時候，就停下來住些時候。我又成了那個極度廢物無能的玄雲公子，灑塵連頭髮都不給我自己綰，不廢物無能也不成。

* * *

我在寫小說時，灑塵也在寫。但他寫的是秀麗端整的遊記……大概是我那本《蜀道非難》引發的興趣。他的遊記在文人中引起很大的共鳴，但他的署名是「司命塵侍」，我笑了很久，也改筆名叫「司命雲侍」。

總之，我們雇專人把稿送回杭州城，聽說甫付梓就引起轟動和流言。但我們還是很大方的回去杭州城了。

這時候已經有不少人知道灑塵就是兵部葛棄業大人，落難為奴時被玄雲公子所救了。而玄雲公子呢，就是蕪蘼君，寫了《司命雙侍傳》很熱鬧一陣子。之後我們又雙雙改筆名……

總之，八卦的力量真是驚人，京城、蜀中到杭州這麼遠，一點距離感也沒有……

像是還不夠似的，灑塵公開與我「結契」。不是結拜為兄弟。這本來是閩南的一種習俗，結為契兄弟就像同性結婚，後來漸漸傳來江浙一帶。

我想，灑塵這輩子都不會讓我當女人了……好在我也早就拋棄那身分。當天的喜宴我倒是玩得很樂，大家頻頻恭喜，還有人對我涕泣不已，大表心意，害我笑得要死。

這個大明朝，真的很有趣。

結契不久，皇帝駕崩了。灑塵淡淡的跟我說了這個消息，嘴角微微彎起一個殘忍的笑意……我覺得，我還是帶壞了他，把一個有為的大好青年弄成一個隱忍的腹黑君。

不過天下這麼人，人才那麼多，也不見得非灑塵不可。與其讓灑塵鬧倔性，害新皇帝心情不好想殺人，不如做點功德賞我這老太太。你好我好大家好。

我沒良心的很心安理得，一點愧疚都沒有。

在杭州住了幾天，我們又出發去旅行了。若說這三年離別教會我們什麼……就是想做什麼，趕緊去做。因為不會永遠有「以後」。

如果擺在二十一世紀，我們大概就是很時髦、很舒服的「旅行作家」，但在大明朝，旅行是件艱苦的事情。

但我們甘之若飴。

這個馬車的避震系統我一直沒有弄出來，後來我模糊想起有種車弓，可以減緩震盪，但不知道是選材問題，還是我沒搞懂什麼力學，很快就壞了。後來還是灑塵想出辦法，把車弓使用在御座下，情況就好多了，不會顛一天就屁股疼。反正車廂都是堆行李的，雨雪我寧可披蓑笠跟灑塵一起受寒，死也不肯進去。

我們到過很多地方，見過海洋之廣，蘇州的小橋流水，去過黃河百害，獨利一套的河套，也真的去過天山了。

天山的空氣，真是乾淨到令人的肺都會痛啊！他取出竹笛悠揚吟奏，我對天高歌著〈大司命〉，感謝他那聲慈悲的回應，讓我能夠熬過那段可怕的日子，等到此時的重逢。

但我印象最深的，卻是一處平淡無奇的絲瓜棚，似乎在蘇州某處。

那天極熱，灑塵歇馬，去路旁的一眼井取水，我在瓜棚下擦汗。他打了水來讓我喝了些，還幫我擦了臉和脖子、胳臂。

蟬鳴瘋狂高歌，瓜棚下陽光斑駁。

我們不約而同的抬頭看了看，互視一眼，他居然有點臉紅。我好笑起來，「這不是葡萄架。」

他垂下眼簾，背著手，微微彎腰。看我不動，他用很低很啞的聲音喊，「公子……」

我仰臉，也背著手，輕輕舔吻他的唇。像是那麼多的歡聚和離別都不存在，我們還是那兩個煩惱又互相吸引的人。

等吻得越發不可收拾時，他伸手抱住我，往屋後退去，農人喧譁的經過瓜棚。他緊緊的把我壓在土坯牆上，散下來的黑直髮撫著我的臉，我伸手抱住他矯健的腰。

瘋狂的蟬鳴，農人的笑語，草的芳香和瓜花的甜蜜……過暖的夏陽。和火一樣的灑塵。

沒關係，我體質虛寒，冷了兩輩子，再怎麼樣高溫我也受得起。

於是我相信，祈禱得夠多、越能堅忍的熬過苦厲，就會得到憐憫。於是我相信，大司命不是毫無感情的。

天邊響起隱雷，像是大司命的笑聲。而火樣的他，成了我這倒楣一輩子的老太太，最真實又充滿喜感的見證。

（下堂後 完）

蝴談《楚辭・九歌・大司命》

年紀越大，越能讀得下以前視為畏途的詩詞歌賦。或許是心境到了，也可能是性子定了，可以好好坐下來琢磨。

在《下堂後》這部小說，除了〈滄海一生笑〉這首現代歌曲，真正貫穿全部的，大約就是《楚辭・九歌》裡的〈大司命〉。

當初我看了非常感動，屈原真是個偉大的詩人。但因為我不是科班出身，所以理解上一定有極度的錯誤和偏頗，因為事後我看一些註解，和我理解的非常相反。但大家都知道我不學無術，是純粹從字面上去解讀的。可我又很希望大家能體會我寫這篇時引用〈大司命〉時的感動，所以我試著翻譯成「小說體」（嘎），和大家分享。

為了避免被我誤導，和解釋一些生字，希望大家先搜尋並閱讀過正確版本的譯文。

以下是蝴讀的「小說體」翻譯和原文。

《九歌 大司命》

廣開兮天門，紛吾乘兮玄雲。
令飄風兮先驅，使涷雨兮灑塵。
君迴翔兮以下，踰空桑兮從女。
紛總總兮九州，何壽夭兮在予！

遼闊浩瀚的天門隆隆開啟，大司命君的御車環繞著磅礴的烏雲出天遨遊。

狂風飄零作為前驅開路，暴雨滂沱淨灑煙塵。

大司命君飄然而翔、徐徐以降，我（屈原）越過了空桑之山去跟從祂。

（司命君言）普天之下啊九州之民，禍福壽（長壽）夭（短命）都是人們自己的選擇，何以將之完全歸因於我？

高飛兮安翔，乘清氣兮御陰陽。

吾與君兮齋速，導帝之兮九坑。

靈衣兮被被，玉珮兮陸離。

壹陰兮壹陽，眾莫知兮余所為。

祂安然的飛翔在一切生死之上，乘著乾淨清明的氣息主掌陰陽生死。我速速齋沐，惟願侍從於司命君哪，在前為導開道，陪同帝君遍遊九州眾山。

司命君飄逸的衣衫如長霞飛舉，腰際的繁複玉珮讓風吹得時離時即的輕響。

（司命君言）出陰而入陽，由明而歸暗，誰也不知道我曾幾時去來。

折疏麻兮瑤華，將以遺兮離居。

老冉冉兮既極，不寖近兮愈疏。

折下神麻採擷瑤玉，司命君悲憫的垂贈隱者。（即使是出陰入陽、超脫生死的司命君亦有垂愛）

（司命君言）垂垂老矣，依舊追求真理的人哪，我了解你。世人不但不信你，還疏遠你。

乘龍兮轔轔，高駝兮沖天。
結桂枝兮延竚，羌愈思兮愁人。
愁人兮柰何，願若今兮無虧。
固人命兮有當，孰離合兮可為？

與君同乘車輪轔轔作響的龍車，奔馳在九天之上。
拿桂枝來繫車轅，益清芬芳，回望楚國啊愁煞人。
就算愁煞了又能怎麼樣呢？只能希望我今後依舊能這樣無愧於心。
人的命運終有定數，悲歡離合，又怎能強自扭轉呢？

雖然理解得很錯誤，但我的確在讀〈大司命〉時覺得深深被慰藉。

我想百年之後若是司命君同意，我願意去「使涷雨兮灑塵」，隨從陪侍，永不為人或生靈了。

僅供君一笑耳。

作者的話

會寫這部，是個意外。本來是這麼打算的。

「這不是要出的，還是個深不見底，逢缺不補的大坑。」

非常老梗和罵男人，我連部落格都不想貼。只是我為人寫了百來本，偶爾我也想為自己寫寫。

可以的話，別跳。（我已善盡告知義務）

主題很明確，我想為自己寫本小說，初寫的時候覺得動機極度不純，只是懷著一股憂憤，徹徹底底的發洩一場……

但我沒想到抓狂的時候激發潛能，我居然五天寫完了，順便寫傷了我的手，腕道有點發炎，時好時壞。

果然高強度的ＹＹ（意淫）很不健康，以後絕對不這麼幹了。

這當然也是藥方之一，等於是刺激自己情感別壞死的藥方，但獨獨為我自己而寫，求個痛快而已。

所以女主角的原始年齡真是史無前例的大，罵男人也是史無前例的狠和直接。但這只代表我個人極度偏頗的立場，事實不是這樣的。這世界當然有好男人，只是我運氣極差遇不到而已。

當然我很希望乾脆長眠不醒，省得面對這樣窘迫的狀態，或者重開機換個光鮮亮麗的外殼，但這根本不可能。我想會有那麼多穿越小說，其實就是來自對現實生活的不滿意。

我們希望去一個新的地方、新的時間、新的身體，有一個新的開始。希望可以打破宛如死水的此時此刻，所以歷史被穿得千瘡百孔。這種集體的渴望，讓穿越小說成為一種流行，所以穿了又穿、穿了又穿。

在熱鬧繽紛、百花齊放的諸穿越小說中，我卻覺得背後的意義很是悲涼。對現實失望到這種地步。本來只是很簡單的期望，卻只能寄託在荒唐怪誕的穿越小說裡。

一般女人的普通期望，其實也就是一生一世一雙人，共同維護一個家庭，生孩子，過著平淡又平凡的幸福生活。

但男人的期望和女人有巨大差異性，而戀愛和婚姻市場也有著比職場面試還嚴苛的關卡：最少職場願意承認學歷和經歷，婚戀市場第一關就是人力不能及的外貌問題。

更可悲的是，即使高呼男女平等，追求的主導權還是在男人手底握著。而不管長成什麼樣子的男人，當然都去追外貌美麗的女人，而占大部分不怎麼樣的女子，就只能在沉默中等待年華老去。

我的確牢騷滿腹，為自己和許多女子不平。這種不平累積下來，只好發洩在作品裡。

如果有來世，我希望讓我改當男子吧。最少容貌的要求寬鬆許多，身材的要求只有身高而已。不像女子，寸土必爭。最少當男人主動出擊、師出有名，不用那麼被動。

我真厭惡這種靜待枯死的命運……雖然早就枯到能當柴火燒了。

沒辦法改變現狀，只能寫。騙騙自己，騙騙半枯萎的讀者。希望你們還能有一點夢想足以滋潤，別太早絕望。

雖然我早已絕望。

絕望也不是什麼壞事，只是對一個作者來說，很傷。一個好的說書人，應該是有點絕望，又不是太絕望，抱著嚴重不滿，才能試圖在虛幻中補足。若是徹底絕望了，那也不用寫了，真該考慮的是如何無痛的結束生命才對。

我還沒到那種地步，只是有時候覺得快了。

老得不夠快，一日日熬不到盡頭，是我邁入四十後最大的感傷和焦躁。

蝴蝶 2010/4/1

國家圖書館出版品預行編目資料

下堂後/蝴蝶Seba著. -- 二版. -- 新北市 :
雅書堂文化事業有限公司, 2021.01
面； 公分. -- (蝴蝶館 ; 39)
ISBN 978-986-302-566-5(平裝)

863.57 109019714

蝴蝶館 39

下堂後

作　　者／蝴蝶Seba
發 行 人／詹慶和
執行編輯／蔡毓玲
編　　輯／劉蕙寧・黃璟安・陳姿伶
執行美編／林佩樺・陳麗娜
美術編輯／周盈汝・韓欣恬

出版者／雅書堂文化事業有限公司
郵政劃撥帳號／18225950
戶名／雅書堂文化事業有限公司
地址／台北縣板橋市板新路206號3樓
電子信箱／elegant.books@msa.hinet.net
電話／(02)8952-4078
傳真／(02)8952-4084

2021年01月二版一刷　2010年6月初版　定價220元

經銷／易可數位行銷股份有限公司
地址／新北市新店區寶橋路235 巷6 弄3 號5 樓
電話／ (02)8911-0825
傳真／ (02)8911-0801

蝴蝶

Seba

蝴蝶

Seba

蝴蝶 Seba

蝴蝶 Seba